À PROPOS DE L'AUTRICE

Après avoir obtenu son diplôme en mathématiques à Harvard College, Caroline Linden est devenue programmatrice, tout en lisant autant que possible – mais surtout des romans d'amour. Ce n'est qu'après avoir eu des enfants, quand elle s'est retrouvée avec rien d'autre que les livres illustrés à lire, qu'elle a commencé à écrire. Une quinzaine de romans, trois championnats des Red Sox et un chien plus tard, elle n'a jamais été aussi contente de son choix !

Le pari du plaisir

Collection : VICTORIA

Titre original :
ALL'S FAIR IN LOVE AND SCANDAL

HARPERCOLLINS FRANCE
83-85, boulevard Vincent-Auriol, 75646 PARIS CEDEX 13
Service Lectrices — Tél. : 01 45 82 47 47 - www.harlequin.fr
ISBN 978-2-2804-7262-3 — ISSN 2493-013X

Composé et édité par HarperCollins France.
Imprimé en septembre 2022 par CPI Black Print (Barcelone)
en utilisant 100% d'électricité renouvelable.
Dépôt légal : octobre 2022.

FSC
www.fsc.org
MIXTE
Papier issu de sources responsables
FSC® C159065

Pour limiter l'empreinte environnementale de ses livres, HarperCollins France s'engage à n'utiliser que du papier fabriqué à partir de bois provenant de forêts gérées durablement et de manière responsable.

CAROLINE LINDEN

Le pari du plaisir

Traduit de l'anglais (États-Unis) par
Marine Depret

Victoria

HARLEQUIN

Chapitre 1

Douglas Bennet, séduisant et charmant héritier issu de la noblesse, avait atteint l'âge de vingt-neuf ans sans avoir connu de réelle adversité ou contrariété.

Il était né sous une bonne étoile, en tant que fils unique de Sir George Bennet, un baronnet. Le titre n'avait rien d'illustre, mais il était suffisamment ancien pour susciter le respect, en plus de s'accompagner d'une appréciable fortune. Sa mère était la fille d'un ex-secrétaire d'État à la Guerre et son oncle, le comte de Doncaster, un membre de la cour du roi. Douglas jouissait donc de la meilleure combinaison de circonstances possible : il bénéficiait des impressionnantes connexions de sa famille sans être contraint d'endosser de véritables responsabilités.

C'était un homme grand et tout en muscles, semblant disposer d'une réserve d'énergie illimitée. Passionné de sport, il était particulièrement à l'aise sur les rings de boxe, les pistes d'escrime ou sur le dos d'un fringant coursier. Même son penchant pour l'alcool ne parvenait à avoir raison de sa force et de sa sveltesse, au point de susciter la jalousie de ses congénères. Par ailleurs, Douglas Bennet était fort séduisant ; outre ses épais cheveux auburn et ses yeux noisette, il possédait un charme affable qui le rendait populaire parmi les gentilshommes, et en faisait la coqueluche de ces dames.

Son plus gros défaut était né de tous ces avantages. Jouissant d'une existence confortable et privilégiée sous presque tous ses aspects, Douglas adorait s'embarquer dans toutes sortes d'aventures et vivre des expériences qui le tiraient de la monotonie du quotidien. Enfant, il s'attirait régulièrement des ennuis, faisant fi des sermons de sa mère sur son comportement et des punitions qu'elle lui imposait. Plus tard, il devint célèbre pour ses farces et ses défis ; rien n'était trop audacieux ou trop choquant pour le dissuader d'essayer. Jeune adulte, il se mit à parier, acceptant tout ce qui lui offrait une belle compétition. Toutefois, lorsqu'il perdit une somme conséquente, son père l'emmena visiter la prison de la Fleet, où étaient incarcérés les débiteurs, lui expliquant sans ambages que, s'il ne faisait pas preuve de plus de retenue, c'était ici qu'il passerait la fin de sa vie. Après cette leçon, Douglas se montra plus circonspect. Il ne cessa guère les jeux d'argent, mais prit garde à ne jamais parier plus qu'il ne pouvait se permettre de perdre. Grâce au généreux subside accordé par son père et à une chance presque insolente, cette nouvelle modération n'eut que peu d'impact sur ses activités.

Pendant près de dix-huit ans, le partenaire le plus récurrent de Douglas dans ses frasques débridées fut un jeune homme du nom de Tristan Burke. Ils s'étaient connus enfants, à l'école, et n'avaient pas tardé à trouver en l'autre un véritable frère et complice. Burke était, tout simplement, le meilleur ami dont puisse rêver un garçon aventureux. Audacieux, téméraire, faisant fi des convenances, toujours prêt à parier sur tout et n'importe quoi, Tristan possédait également un formidable sens de l'humour et un appétit pour toutes les formes de divertissement… des qualités qui n'avaient cessé de se bonifier avec l'âge.

Parfois, Douglas le jalousait terriblement. Les parents de son ami étaient décédés quand il était encore enfant et Burke avait reçu un titre de vicomte accompagné d'un colossal héritage dès ses vingt et un ans, dont il jouissait depuis sans restriction ni supervision. Certes, Douglas n'enviait guère à Burke son statut d'orphelin, sauf lorsque sa mère, Lady Bennet, se mettait en tête de lui trouver une fiancée en l'obligeant à danser avec des jeunes femmes guindées, ou que sa sœur Joan débarquait chez lui à l'aube pour le faire chanter… mais l'idée de pouvoir enfin profiter d'une totale liberté l'attirait. Hélas, il avait beau le nier de toutes ses forces, Douglas avait conscience qu'il lui faudrait un jour s'établir. S'il demeurait célibataire toute sa vie, cela chagrinerait sa mère et décevrait son père, et Douglas aimait trop ses parents pour leur infliger pareille peine. Néanmoins, il comptait bien retarder l'échéance le plus possible, au moins aussi longtemps que Burke.

C'est pourquoi, quand Douglas apprit de façon terriblement soudaine que Tristan Burke allait se marier, et avec sa sœur Joan de surcroît, la nouvelle fut un choc retentissant pour le jeune héritier. Douglas était absent de la capitale lorsqu'il reçut le courrier contenant l'annonce et, au début, ne put y croire. Il n'était pas surpris que Joan convole ; sa sœur n'avait jamais caché son désir de trouver un époux et leur mère avait commencé à désespérer de lui en dénicher un. Joan était grande, pour une femme, et bien trop impertinente, en particulier quand elle décidait de le taquiner. Mais Burke avait traité Joan de furie à peine quelques semaines avant de se tenir devant l'autel et de lui jurer amour et fidélité pour le restant de ses jours. Douglas soupçonnait Burke d'avoir été contraint à cette union par quelque événement scandaleux, mais il ne parvenait pas à déterminer lequel. Ses parents refusaient d'en parler et Burke se contentait de sourire. La vérité, c'était que son ami paraissait heureux. Et au lieu de passer ses nuits à écumer Londres en compagnie de Douglas il préférait désormais demeurer chez lui avec Joan.

Douglas avait bien d'autres compères, cependant aucun ne possédait ni l'audace, ni l'humour, ni l'énergie de Burke. Il ne regrettait pas d'avoir le jeune vicomte pour beau-frère, bien au contraire, mais perdre un compagnon si jovial avait été un coup dur. L'absence de son vieil ami à ses côtés, autrefois toujours prêt à lancer une remarque effrontée ou un pari amusant, avait quelque peu atténué le plaisir de ses activités de débauche.

— Eh bien, eh bien, vous voilà de retour sur vos terrains de chasse préférés ? commenta un soir William Spence de sa voix traînante, tandis que Douglas errait dans une salle de bal dans une vaine quête de divertissement.

— J'ai été contraint de quitter la capitale quelque temps, répondit-il négligemment en appuyant son épaule contre un mur. C'est affreusement calme, ce soir.

Ça l'était. Les tables de jeu n'étaient occupées que par de vieilles matrones et des hommes prudents préférant parier des shillings. Hormis Spence, Douglas n'avait croisé aucun de ses compagnons habituels. Non seulement avait-il perdu Burke, mais aussi tous ses amis les plus enthousiastes ! Peut-être ferait-il mieux de passer le reste de la soirée dans un tripot.

— Affreusement ennuyeux, vous voulez dire, le corrigea Spence avec indolence. Je me demande pourquoi je continue à assister à ce genre de rassemblement.

— Pour le vin ? suggéra Douglas en attrapant un verre sur le plateau d'un valet de pied avant de le lever à sa santé.

Spence émit un claquement de langue désapprobateur.

— Peuh, cette eau insipide ! Où est passé le courageux aventurier que je connais ?

Douglas rit. C'était la façon de Spence de pousser ses amis à proposer un défi ou un pari.

— Un aventurier, moi ? Dans l'élégante salle de bal de Lady Creighton ?

— Ce n'est pas parce que la soirée est calme qu'on ne peut pas trouver des moyens de s'amuser.

Spence inclina la tête pour désigner un coin reculé de la pièce.

— Là-bas, par exemple. Une jeune femme charmante et seule regarde les autres, qui sont bien moins jolies qu'elle, danser et profiter de la fête.

Douglas suivit son regard pour examiner la demoiselle en question et dut s'avouer très surpris. Pour une fois, Spence avait raison. C'était une véritable beauté, sans le moindre doute, et pourtant elle paraissait complètement isolée du reste des invités.

— Qui est-ce ?

— Madeline Wilde.

Spence se tourna vers lui comme pour attendre sa réaction, mais Douglas n'avait jamais entendu parler d'elle et se contenta de hausser les épaules. Un léger sourire étira les lèvres de son compagnon.

— Une femme peu ordinaire. Veuve, bien sûr. Elle participe à tous les plus grands événements de la société, mais ne danse jamais. On ignore si cette femme est faite de glace ou si elle s'estime trop bien pour le commun des mortels.

Bennet ne pouvait s'empêcher de la dévorer des yeux. Les cheveux de Mrs Wilde brillaient tel de l'or à la lueur des chandeliers et le décolleté profond de sa robe émeraude dévoilait une poitrine ronde et parfaitement proportionnée.

— Elle ne danse jamais ? Pourquoi ?

— Nul ne le sait. Certains se sont même lancé le défi de trouver ce qui pourrait l'inciter à abandonner sa rigide retraite. Nombreux sont mes joyeux compagnons qui ont perdu une poignée de guinées pour elle.

Douglas sentit son pouls s'accélérer. Danser avec une si belle femme *et* remporter une compétition ? Comment aurait-il pu résister à une telle tentation ?

— Je parie que je pourrais la convaincre, murmura-t-il en suivant du regard la courbe de son épaule nue.

— Cinq livres que vous échouerez, répondit aussitôt Spence.

— Tenu.

Douglas tira sur sa veste pour en chasser les plis et lança un clin d'œil complice à son camarade.

— N'oubliez pas d'apporter votre bourse demain, ajouta-t-il avant de s'éloigner d'un pas tranquille à travers la foule, impatient de faire la connaissance de cette jeune femme.

Chapitre 2

— Quelle fastidieuse soirée, vous ne trouvez pas ?

Il adressa un sourire charmeur à Mrs Wilde ; le genre de sourire, accessible et amical, capable d'apaiser une personne nerveuse et de lui attirer la sympathie des femmes de tous âges et de tous rangs.

La mystérieuse veuve se tourna vers lui au son de sa voix. Quelque chose qui ressemblait à de l'amusement scintilla dans ses prunelles.

— En effet.

— Je ne connais pratiquement personne, ce soir, admit-il en baissant le ton sans pour autant se pencher vers elle.

Ce type de familiarité engendrait la méfiance chez la plupart des ladies mais, pour l'entendre par-dessus la musique, c'étaient elles qui devaient s'incliner vers lui, ce qu'il préférait.

— Je trouve cela parfaitement intimidant, pour être honnête, ajouta-t-il.

— Vous ? s'étonna-t-elle en arquant un sourcil doré. Vous ne semblez pourtant pas le genre d'homme que l'on intimide facilement.

Douglas sourit, amusé. Il savait que sa carrure pouvait

paraître imposante, ce que les femmes appréciaient… une fois qu'elles avaient appris à le connaître.

— Sur ce point, vous vous méprenez. L'extraordinaire élégance de cette assemblée suffit à me pétrifier de terreur.

Les lèvres de la jeune veuve s'incurvèrent. Elle inclina la tête vers lui d'à peine un pouce et l'observa de ses yeux pétillants.

— Je ne vous crois pas.

— C'est pourtant vrai, protesta-t-il. Mon cœur bat à tout rompre, mes genoux fléchissent et, regardez, mes mains tremblent.

Il prit sa paume dans la sienne, tendant juste assez ses muscles pour feindre un frisson, avant de se détendre à nouveau.

— Ah. Il semblerait que vos doigts aient un pouvoir guérisseur.

Mrs Wilde laissa sa main dans la sienne, mais son sourire en coin s'élargit quelque peu.

— Il n'est guère flatteur pour une femme d'entendre que ses doigts apaisent le pouls d'un homme. D'ordinaire, elle espère au contraire l'affoler.

Douglas sentit son cœur manquer un battement. Une veuve qui aimait badiner ? Excellent ! Il adorait les dames enthousiastes. Du pouce, il caressa le dos de sa main.

— C'est ma terreur que vous avez apaisée, ma chère. Je ne doute pas que vous seriez capable d'éveiller des frissons d'un genre bien différent.

Portant délicatement son poignet à la bouche, il l'effleura du bout des lèvres.

— Nous devrions être présentés, reprit-il.

— Je crains qu'il n'y ait personne dans ce recoin de la salle de bal pour s'en charger officiellement.

Douglas vit les prunelles de la jeune femme s'assombrir lorsqu'il caressa sa paume du pouce.

— Si vous dites vrai, je suis prêt à courir le risque de passer pour un grossier personnage en me présentant moi-même.

Il s'inclina profondément, sans quitter son visage des yeux.

— Douglas Bennet, à votre service.

— Oui, je sais.

— Vraiment ? s'étonna-t-il avec délice. Dans ce cas, je serais heureux d'apprendre votre n…

— Mr Douglas Bennet, répéta-t-elle en l'interrompant d'une voix qui perdit juste assez de chaleur pour le geler sur place. Fils et héritier de Sir George Bennet, baronnet. Un titre très attractif et une fortune qui l'est plus encore. Libertin, joueur, bagarreur et parfois même débauché impénitent. Votre mère souhaite vous voir convoler, mais cela ne vous intéresse absolument pas. Vous avez une préférence marquée pour les serveuses de taverne et les danseuses d'opéra, surtout si elles sont françaises. Votre sœur a épousé votre ami le plus proche, Lord Burke, ce qui vous dégoûte profondément, bien que d'aucuns se demandent qui de Miss Bennet ou du vicomte vous plaignez le plus.

Elle inclina la tête et Douglas la dévisagea en se sentant pâlir sous le choc… une stupeur qui se transformait rapidement en vive indignation.

— Qu'ai-je oublié d'autre ? Ah oui, vous aimez les paris.

Que vous a-t-on mis au défi de faire en vous envoyant ici ? M'attirer dans votre lit ?

D'un coup sec, elle retira la main de la sienne avant d'ajouter :

— Si tel est le cas… vous avez déjà perdu. J'espère que vous n'avez pas misé plus que vous ne pouviez vous le permettre.

— Je ne suis venu que dans l'espoir de danser avec vous, répondit Douglas en dissimulant sa colère sous un masque de flegme.

Elle gloussa. Seigneur, même moqueur, son rire était séduisant, à la fois grave, sensuel et suffisamment doux pour pousser un homme à tenter d'égayer la jeune femme pour le simple plaisir de l'entendre à nouveau.

— J'en doute fort. Mais peu importe, il me semble que vous êtes également habitué aux défaites, n'est-ce pas ?

Elle plongea dans une gracieuse révérence qui lui offrit un dernier aperçu de son incomparable poitrine.

— Bonne soirée, monsieur.

Sur ce, elle se détourna et s'éloigna d'un pas tranquille et sans apprêt. Douglas ne put que demeurer planté là, son sang battant à ses oreilles, autant d'un désir refoulé que de sa fierté blessée. Puis finalement Spence approcha et passa un bras autour de ses épaules.

— Pas de chance, déclara-t-il d'une voix qui suintait le sarcasme. Cette femme est une vraie statue de glace.

Un large rictus étira sa bouche et il balança une claque dans le dos de Douglas.

— Cinq livres, si vite envolées !

Douglas tourna un regard noir vers son camarade.

— Vous ne m'aviez pas dit quand.

Spence haussa les sourcils, un sourire d'escroc toujours suspendu aux lèvres. Il arborait souvent cette expression lorsqu'il s'apprêtait à empocher l'argent de quelqu'un. Douglas avait gagné et perdu contre Spence avec sang-froid la plupart du temps, mais ce soir il mourait d'envie de l'empoigner par le col. Non seulement Spence l'avait délibérément mis au défi de réaliser quelque chose d'impossible, mais il savait pertinemment que Douglas se ferait rejeter et humilier.

Et voilà qu'il lui réclamait cinq livres !

— Que voulez-vous dire ?

— Vous n'avez pas dit quand, répéta Douglas en articulant chaque mot. Elle a refusé ce soir, mais je peux encore essayer demain, et le soir suivant, et le suivant.

Spence fronça les sourcils et une ombre passa sur son visage pendant une seconde, avant qu'il ne balaye sa réponse d'un revers de la main.

— Vous avez raison ! Je n'avais pas précisé. Disons donc… sous une quinzaine. Voilà qui devrait vous laisser bien assez de temps pour la charmer et vous insinuer entre les cuisses de cette jolie veuve.

— J'ai parié que je pourrais danser avec elle, Spence, pas la *trousser*.

— Eh bien ! répliqua Spence avec une étincelle malicieuse dans le regard. Je pensais avoir parié pour *ce soir*. Chacun doit concéder quelque chose.

Douglas ne répondit rien et Spence se pencha vers lui.

— Ne me dites pas que vous avez peur ? Vous n'êtes pas en train de vous ramollir, comme ce pauvre Burke ?

Cette femme vous a éviscéré et rejeté devant toute la bonne société, mon ami. Regardez autour de vous.

Il désigna d'un geste le reste de la salle.

— Que pensiez-vous ? La moitié de ces gens savent pourquoi vous avez recherché sa compagnie. Ils viennent de la voir repartir seule et, à votre mine renfrognée, c'est à croire qu'elle a emporté vos bijoux de famille avec elle.

Malgré lui, Douglas observa Madeline Wilde qui se dirigeait vers la sortie. Elle n'en demeurait pas moins diablement belle. Il avait eu terriblement envie de danser avec elle et sans doute de l'attirer dans son lit également, même si elle n'était pas, comme elle l'avait fait si justement remarquer, son type de femme. Il y avait chez elle… un petit quelque chose de plus.

Comme si elle avait entendu ses pensées, la jeune veuve s'arrêta au sommet de la volée de marches menant hors de la salle de bal. Elle jeta un coup d'œil par-dessus son épaule et leurs regards se croisèrent. Pendant un bref instant, Douglas sentit une nouvelle onde de désir, bien involontaire cette fois, le parcourir de la tête aux pieds, et Mrs Wilde sourit avec la mine coquette d'une femme qui *sait*. Elle baissa le menton, ses lèvres pleines incurvées avec une ravissante fausse pudeur, comme s'ils partageaient un secret… ou qu'elle le mettait au défi de découvrir les siens. Avec un sang-froid époustouflant, elle mima un baiser qu'elle déposa sur le bout de son index.

Douglas manqua de s'étrangler en inspirant tandis qu'elle se détournait à nouveau et s'éloignait, sa jupe émeraude ondoyant derrière elle de façon hypnotique.

— Pourquoi elle ?

— Pourquoi pas ?

Douglas serra la mâchoire.

— Vous l'aviez choisie avant même que j'entre dans cette pièce. Je vous ai vu la dévisager, Spence. Est-ce l'une de vos anciennes amantes ? Étais-je censé vous permettre d'assouvir une vengeance en l'invitant à danser ?

— La fille de la courtisane ? rétorqua l'homme avec un sourire moqueur. Certainement pas ! Je n'ai pas si mauvais goût en matière d'amantes.

Douglas n'était pas d'accord. Spence aimait les femmes mariées, qui ne pouvaient entraver sa liberté et préféraient garder leurs liaisons secrètes. Il ne trouvait guère cela de bon goût. Mais une fille de *courtisane* ? Douglas ignorait tout de cette histoire. Il se promit intérieurement d'enquêter sur ce sujet.

— Elle m'a pourtant paru bienséante, objecta-t-il.

— Je n'en doute pas, contra Spence sans prendre la peine de masquer la note condescendante dans sa voix. Comparée aux serveuses qui apprécient de se faire culbuter derrière les vaisseliers, je suppose que Mrs Wilde est la quintessence de la respectabilité. Mais pour nous autres…

Il claqua des doigts pour appeler un valet de pied qui passait et saisit une coupe de vin sur son plateau.

— Vous devriez vraiment revoir vos critères à la hausse, Bennet.

Douglas préféra laisser couler. Il aimait les filles de taverne. Elles étaient amicales et franches, loin des créatures délicates et guindées qui évoluaient dans les salles de bal. Souvent aventureuses au lit, elles exigeaient moins de lui, financièrement et émotionnellement, que n'importe quel autre type de femme.

— Dans ce cas, pourquoi elle ? redemanda-t-il, reprenant le fil de son idée première. Juste pour le sport ? Ou pour le simple plaisir de me voir humilié en plein milieu d'une soirée mondaine ?

Pendant un instant, Spence ne répondit rien, mais il avait le regard affûté et calculateur.

— Vos poches sont-elles pleines, ces temps-ci ? finit-il par l'interroger.

— Raisonnablement, hasarda Douglas.

Il avait quitté la ville pendant un mois afin de superviser les réparations de l'un des domaines de son père, ce qui avait grandement bénéficié à ses finances. Mais il restait encore plusieurs semaines avant la fin du trimestre, date à laquelle Sir Bennet lui verserait son subside. Douglas ne refusait jamais de gagner un peu plus d'argent.

Spence baissa la voix.

— Je soupçonne notre charmante Mrs Wilde d'être bien plus qu'elle n'y paraît. Et si j'ai raison cela pourrait nous rapporter deux mille livres.

Les sourcils de Douglas s'envolèrent.

— Qu'est-elle ? Une espionne ?

— En quelque sorte, marmonna Spence avec indolence. Avez-vous entendu parler d'une feuille de chou intitulée *50 façons de pécher* ?

— Non.

— Vous devriez vous en procurer un exemplaire. C'est un opuscule d'une nature… des plus intéressantes.

Un sourire rusé éclairait son visage quand il reprit :

— Je pense que cela vous plaira.

Son expression suffit à mettre Douglas sur ses gardes. Il n'était peut-être pas l'homme le plus perspicace de Londres, mais il n'était pas idiot non plus… et il ne connaissait Spence que trop bien.

— Si vous insistez… mais cela ne répond pas à ma question. Pourquoi teniez-vous à ce que je m'attire les bonnes grâces de Mrs Wilde ?

— L'autrice est anonyme. Vous comprendrez pourquoi en lisant ses récits. Mais elle a blessé plus d'un gentilhomme dans sa fierté avec sa scandaleuse plume et l'un d'eux a offert une prime en échange de son identité. Mrs Wilde est une candidate des plus prometteuses.

Il haussa les épaules avant d'ajouter :

— Si vous la démasquez, j'accepterai de partager la prime avec vous.

Douglas croisa les bras et dévisagea Spence avec méfiance.

— Il faudrait que je séduise la dame, gagne sa confiance, suffisamment pour être admis dans son boudoir, et fouille ses affaires dans l'espoir de découvrir une preuve qu'elle est bien l'autrice de cet opuscule ? Et pour tous mes efforts je devrais vous céder la moitié de la récompense ? Non, Spence, je ne crois pas.

Les yeux de son camarade étincelèrent de colère sous ses paupières tombantes.

— Très bien. Oubliez cela.

Douglas haussa les épaules.

— Difficile de l'oublier. Qui offre cette prime ?

Spence hésita.

— S'il tient vraiment à retrouver cette femme, insista Douglas, je doute qu'il se montre discret.

— Lord Chesterton, finit par répondre William Spence à contrecœur. L'un des personnages de ces récits lui ressemble trop à son goût et cela l'a mis en rage.

— Lui *ressemble* ? Elle n'a donc pas utilisé son nom.

Spence semblait perdre patience.

— Non, elle se sert de pseudonymes, évidemment. Sans quoi tout Londres en aurait après elle.

— Alors comment s'est-il reconnu dans ce personnage ?

Un rictus moqueur étira les lèvres de son camarade.

— Procurez-vous un exemplaire et voyez si vous pouvez le deviner par vous-même.

Douglas se demanda soudain quel genre d'histoire avait pu pousser Lord Chesterton à de telles extrémités. L'homme était aussi correct et poli qu'on pouvait l'attendre d'un gentilhomme, se targuait d'un lien de parenté éloigné avec le roi et se montrait d'ordinaire plus rigide qu'un bout de bois. Et voilà qu'il promettait publiquement une récompense en échange de l'identité d'une femme ? Qu'est-ce que Mrs Wilde, si elle était réellement l'autrice de l'opuscule en question, avait bien pu écrire à son sujet ?

Deux mille livres… c'était une petite fortune, qui ne manquerait pas d'attirer l'attention. Et, bien entendu, cela rendait le concours encore plus attrayant.

— Soixante-quinze, finit-il par déclarer après un instant de réflexion.

— Pardon ?

— Si nous partageons la prime vous et moi, je veux

soixante-quinze pour cent, répéta Douglas en affrontant directement le regard de Spence.

— Soixante, contra ce dernier.

— Faites-le vous-même, dans ce cas.

Spence marmonna une volée de jurons entre ses dents avant de finalement tendre le bras.

— Va pour soixante-quinze.

Douglas scella l'affaire d'une poignée de main, impatient de planifier sa prochaine rencontre avec la rusée veuve.

— Marché conclu.

Chapitre 3

Madeline Wilde fut presque soulagée que Douglas Bennet lui offre une bonne excuse pour quitter ce bal bondé et ennuyeux. Ses jolies chaussures à la mode commençaient à lui faire mal aux pieds et elle se sentait lasse. Lorsqu'elle eut récupéré son manteau, Madeline descendit les larges marches du perron de Creighton House et inspira longuement l'air frais nocturne. Même chargé de l'odeur des chevaux, il était vivifiant.

Étant donné le nombre d'invités, une foule de coches et d'équipages flânaient dans les environs. Le trajet jusque chez elle était court, mais pour Madeline il était hors de question de rentrer à pied. Le simple fait de refermer la porte du fiacre entre elle et les rues noires dehors suffit à calmer ses nerfs à vif. Dix minutes plus tard, le véhicule loué s'arrêta devant sa demeure.

— Un shilling, m'dame, demanda le conducteur.

Madeline descendit et lui tendit la pièce.

— Je vous offre un shilling de plus, monsieur, si vous voulez bien attendre que j'aie franchi ma porte pour repartir.

Elle lui montra l'argent promis.

— Vous craignez une attaque ?

— Pas vraiment, répondit-elle, mais une femme seule la nuit n'est jamais trop prudente. Acceptez-vous de patienter ?

Il hésita une seconde, puis tendit la main.

— D'accord.

Madeline lui offrit son sourire le plus reconnaissant en plus de son shilling. Elle avait appris à choisir soigneusement ses chauffeurs depuis que l'un d'eux avait pris sa pièce et était reparti dès que Madeline s'était éloignée de deux pas. Heureusement, cet homme-ci avait un visage affable et elle eut la conviction qu'il tiendrait parole.

— Merci.

La clé déjà en main, elle s'empressa de gagner sa porte pour l'insérer dans la serrure. Sa femme de chambre serait venue lui ouvrir si elle avait frappé, mais Madeline ne voulait pas attendre sur le perron. Elle avait le terrible sentiment d'être suivie depuis quelque temps, sans pouvoir réellement le prouver. Madeline habitait dans un petit square plutôt tranquille mais, cette dernière quinzaine, il semblait toujours y avoir un homme en train de rôder aux alentours de chez elle lorsqu'elle rentrait. Elle avait beau se répéter que c'était idiot, qu'il y avait des ivrognes partout, que cette rue était un lieu public où il n'était pas anormal de croiser quelqu'un à toute heure du jour ou de la nuit… elle ne parvenait pas à se débarrasser de cette sensation de malaise. Depuis, elle gardait toujours sur elle un double de sa clé et s'assurait que quelqu'un monte la garde, même un cocher de fiacre.

L'espace d'un instant, le visage de Douglas Bennet

et sa large carrure s'imposèrent à son esprit. Personne n'oserait s'en prendre à elle si elle se promenait au bras d'un tel homme. Et il avait le don d'affoler son cœur, pour de bonnes et de mauvaises raisons. Elle se demanda ce qui l'avait poussé à venir la chercher dans le recoin tranquille où elle se dissimulait ce soir-là. Mr Bennet était célèbre pour son amour des jeux d'argent, mais lorsqu'il se penchait vers elle avec ce sourire à couper le souffle…

Heureusement, le verrou cliqueta et la porte s'ouvrit. Il était devenu quelque peu capricieux ces derniers jours et il arrivait que Madeline doive s'y reprendre à plusieurs fois. Avec un soupir de soulagement, elle se glissa à l'intérieur de la maison. Dans la rue, le cocher leva poliment une main pour toucher le coin de son galurin et lui souhaiter la bonne nuit. Madeline le remercia d'un geste et d'un sourire, puis barra sa porte dès que la voiture repartit, le crissement des roues sur les pavés brisant le silence nocturne.

La jeune femme laissa l'atmosphère paisible et rassurante de son foyer l'envelopper. Quel plaisir de retrouver une telle quiétude après le tapage de ce bal mondain ! Madeline inspira profondément, presque immédiatement rassérénée. D'un mouvement fluide, elle ôta ses gants, puis son capuchon pour libérer sa chevelure. Ils étaient confectionnés dans le même velours émeraude doublé de soie. Le tout constituait un ensemble chaud et confortable, l'un des derniers présents d'Arthur avant sa mort. Madeline en prenait grand soin, car il lui donnait l'impression de conserver une part de lui auprès d'elle… chaude et réconfortante.

— Vous voilà enfin rentrée.

Constance, sa femme de chambre, descendit l'escalier en hâte pour venir à sa rencontre.

— Je ne me suis éloignée qu'un instant, madame.

— Ne vous excusez pas, ce n'est rien.

Madeline dénoua sa cape et, d'un gracieux haussement d'épaules, la fit couler sur ses bras.

— J'envisage d'embaucher un chauffeur régulier, pour m'éviter d'avoir recours aux fiacres publics à chaque fois.

— Une excellente idée ! s'exclama la domestique en récupérant son manteau. Un homme bien charpenté… qui dormira dans la cuisine.

Madeline leva un sourcil.

— Je crois que je ne vous donne pas assez de travail.

— Je faisais simplement remarquer que, quitte à avoir un homme à la maison, autant recruter quelqu'un de fort et de bien bâti… pour nous protéger.

— Séduisant aussi ? demanda Madeline avec humour avant que l'image de Mr Bennet ne s'impose à nouveau à son esprit.

— Ça ne pourrait point faire de mal, n'est-ce pas ? répliqua Constance sans rougir. Un chauffeur grand et brun, avec des yeux d'un bleu perçant. Il s'appellerait Jeremy. Ou Philip. Ou un autre nom un peu guindé.

— Hélas, nous devrons nous passer de Philip pendant encore une nuit, pour le moins.

Madeline se frotta les bras quand la fraîcheur de l'air ambiant lui tira un frisson.

— Je vais prendre une tasse de thé en haut, je vous prie.

— Bien sûr, madame.

Constance s'empressa de redescendre en cuisine. C'était une domestique efficace et compétente, si l'on faisait abstraction de son insolence. Madeline gagna l'étage où se trouvait sa suite, constituée d'un boudoir privé et d'une belle chambre. Les pièces étaient autrefois deux chambres attenantes, mais puisque Madeline n'avait plus d'époux désormais elle avait préféré transformer la seconde en retraite personnelle. Toute la maison lui appartenait, mais ce petit salon avait quelque chose de spécial. C'était le seul endroit sur terre où elle se sentait complètement à l'aise, libre d'agir à sa guise, de dire tout ce qu'elle pensait et, plus important encore, d'écrire les textes qui lui permettaient de gagner sa vie.

Constance avait ajouté du bois dans l'âtre et recouvert les braises de cendres pour les préserver ; Madeline les raviva quelque peu. La nuit était froide et, loin de la touffeur d'une salle de bal pleine d'invités, sa ravissante robe était bien trop légère. Pendant un instant, elle demeura devant le feu avec délice, s'imprégnant de sa chaleur revigorante. Mais, une fois de plus, l'image de Mr Bennet s'imposa à son esprit et Madeline songea qu'elle aurait aisément pu l'attirer jusqu'ici afin qu'il lui tienne chaud toute la nuit.

Jusqu'au matin… où il se serait certainement éclipsé sans un mot, se morigéna-t-elle aussitôt. Elle avait des choses plus importantes à faire que de penser à badiner avec cet homme, aussi séduisant soit-il.

— Mr Nash. Où êtes-vous ?

Aucun mouvement dans la pièce ne lui répondit ; Madeline alluma une chandelle et la tint bien haut.

— Mr Nash, appela-t-elle. Venez vous asseoir avec moi auprès du feu.

Bâillant à s'en décrocher la mâchoire, Mr Nash émergea finalement de sa cachette, une couverture tricotée jetée sur une méridienne près de la fenêtre. Il s'étira avec grâce et avança vers Madeline comme s'il se moquait bien de la courroucer.

— Monstre sans cœur, le tança-t-elle. Était-ce vraiment tant demander d'espérer que vous garderiez mon fauteuil au chaud ?

Pour toute réponse, Mr Nash se contenta de bâiller à nouveau. Madeline sourit et se pencha pour prendre le chat noir et blanc dans ses bras et lui gratter le menton jusqu'à ce qu'un ronronnement sonore fasse bourdonner tout son petit corps. Madeline gloussa.

— Je sais ce que vous voulez. Vous êtes si prévisible, Mr Nash.

L'animal se mit à malaxer son épaule de ses pattes avant. La jeune femme continua de lui frotter le cou jusqu'à ce qu'une griffe s'accroche malencontreusement dans le tissu de sa robe. Elle reposa le chat à terre à contrecœur. Il avait déjà abîmé un autre de ses corsages la semaine dernière et Madeline adorait celui qu'elle portait ce soir.

— Vous êtes bien un mâle… à déchirer la tenue d'une lady sans vous soucier des désagréments occasionnés.

Mais Mr Nash aurait tout aussi bien pu hausser les épaules. Il se mit à lécher sa patte pour la passer derrière son oreille dans une imitation presque parfaite d'un dandy se pomponnant pour une virée nocturne. L'idée tira un nouveau sourire à Madeline, qui l'imagina paradant au milieu d'une foule de femelles avec des colliers de diamants.

La jeune femme ôta ses bracelets et enroula un châle autour de ses épaules. D'une petite boîte disposée sur le manteau de la cheminée, elle extirpa une clé, qu'elle introduisit dans la serrure de son écritoire, près de l'âtre. Madeline sortit son matériel et commença à structurer son récit dans sa tête. Parfois, elle se surprenait à rêver d'une compagnie plus bavarde que celle de Mr Nash, lequel lui prêtait toujours une oreille attentive, mais manquait cruellement de conversation. Il avait également pris la mauvaise habitude de s'allonger sur ses brouillons et de les tacher d'encre, ce qui lui avait valu d'être banni de l'écritoire. Lorsque Madeline tira sa chaise et s'installa, Mr Nash bondit avec légèreté sur ses genoux et s'y roula en boule, cachant son visage duveteux sous sa patte. Madeline lui gratta une dernière fois l'oreille, puis ouvrit sa bouteille d'encre et saisit sa plume.

Mais au lieu de se lancer immédiatement dans la rédaction de son habituelle chronique, riche en suggestions haletantes étayées d'allusions intelligemment formulées, la jeune femme se surprit à hésiter. Une fois de plus, le troublant et exaspérant Mr Bennet se pavana avec arrogance entre deux pensées rationnelles avec son irrésistible charme et son physique sans défaut. Si elle n'avait pas su qui il était, Madeline aurait fort bien pu se laisser séduire ce soir, songea-t-elle avec terreur. Elle avait eu beau l'observer dans diverses salles de bal au fil des ans, son analyse ne l'avait guère préparée à affronter ni sa taille impressionnante, ni la puissance de son charisme, ni la chaleur de son sourire d'aussi près. Mais l'expérience lui avait enseigné que les séducteurs étaient des prédateurs, des serpents dissimulés sous de charmants attraits, et qu'il suffisait de les examiner attentivement pour deviner la froideur de leur cœur. Cependant, Mr Bennet, elle devait bien l'admettre, semblait vibrer de vie, d'énergie et d'un intérêt brûlant… le tout ardemment concentré sur elle.

Eh bien !

Elle affûta sa plume, s'obligeant à le chasser de ses pensées. Il n'était pas le premier homme à la contempler ainsi et il ne serait sans doute pas le dernier. Après tout, il lui arrivait même d'encourager ce genre d'individus lorsque la situation l'exigeait. Cela lui simplifiait grandement la tâche et Madeline avait conscience de ne pas être entièrement immunisée contre la flatterie. Quelle femme n'aurait pas apprécié d'être l'objet de l'attention d'un homme séduisant ? Mais, comme elle savait parfaitement que leur intérêt était passager, elle n'avait aucun scrupule à refuser leurs avances. Certains gentilshommes, emportés par l'élan de leur désir et par la détermination qui naît des premières rencontres, s'avéraient extrêmement drôles et charmants.

Mais ces échanges étaient devenus bien moins agréables depuis qu'ils avaient commencé à parier sur elle. Madeline rumina l'idée un instant : Mr Bennet avait reconnu l'avoir approchée pour un pari… et l'un des plus stupides à ses yeux. Pour danser ? Était-ce réellement tout ce qu'il avait souhaité ? Elle aurait mis sa main à couper que non…

— Et voilà, madame.

La brusque irruption de Constance dans la pièce avec

une tasse de thé fit sursauter Madeline et l'arracha à sa réflexion.

— J'ai aussi apporté du brandy pour vous aider à vous réchauffer.

— Merci.

La jeune veuve prit la porcelaine fumante que lui tendait la femme de chambre et sirota le breuvage avec un soupir de contentement.

— Comptez-vous vous retirer tardivement ce soir ?

Constance ramassa les bracelets abandonnés sur une commode et les rangea. Si Madeline parvenait à tenir les séducteurs au sourire ravageur à distance de ses pensées, elle devrait réussir à terminer son récit rapidement.

— Non, je n'en ai plus pour longtemps.

— Avez-vous besoin d'autre chose ?

Madeline secoua la tête. Elle était parfaitement capable d'ôter sa robe et d'enfiler sa chemise de nuit seule.

— Il est inutile que vous restiez debout. Allez vous reposer, Constance.

La jeune domestique lui adressa un sourire reconnaissant.

— Dormez bien, madame, lança-t-elle en se glissant hors de la pièce et en refermant la porte derrière elle.

Madeline termina sa tasse et s'en servit une deuxième avec la théière que lui avait laissée Constance. La boisson chassa le froid qui engourdissait ses doigts et ce répit permit à Madeline de faire le tri dans ses pensées. Douglas Bennet était un bourreau des cœurs et un débauché comme tant d'autres. Il était peut-être plus séduisant que la plupart des gentilshommes à ses yeux, mais cela ne signifiait pas qu'il était différent. Il ne serait jamais qu'un des nombreux hommes mystères mentionnés dans ses histoires. Cela lui arracha un sourire. Peut-être pourrait-elle tirer quelque bénéfice de sa soudaine fascination pour lui ce soir, finalement ? Madeline reprit la plume et se mit à l'œuvre.

L'horloge sonna 3 heures du matin avant qu'elle n'ait enfin terminé, reposé son nécessaire d'écriture et étiré ses mains percluses de crampes. Elle gratta la tête de Mr Nash en relisant son travail. Oui, cela irait parfaitement.

— Allons dormir, maintenant, dit-elle à son chat, qui ne s'éveilla que pour miauler son mécontentement lorsqu'elle le porta jusqu'à la chambre et le posa sur son lit. Cela suffira pour ce soir.

Madeline n'y songea plus jusqu'au lendemain après-midi, lorsqu'elle se présenta à son rendez-vous hebdomadaire à la Wharton's Bank. Mr Sloan, le responsable, la conduisit comme d'habitude dans un bureau à l'arrière du bâtiment. Mais cette fois, étonnamment, l'homme qu'elle était venue retrouver l'y attendait déjà, debout devant le petit secrétaire, les bras croisés.

— Liam, le salua-t-elle en lui tendant la main. Vous êtes ponctuel, pour changer.

Liam MacGregor lui sourit.

— Peut-être ai-je décidé de faire amende honorable ?

Madeline lui coula une œillade dubitative en s'installant sur la chaise libre.

— Quelle est la véritable raison ? D'ordinaire, je patiente une demi-heure avant de vous voir.

Elle ouvrit son réticule et en tira la liasse des feuillets qu'elle avait noircis pendant la nuit.

— Tenez.

Liam l'accepta, mais hésita un moment, s'en servant pour tapoter le bureau à côté de lui.

— Vais-je y trouver une quelconque mention de Douglas Bennet ?

Madeline ne répondit rien, frappée d'horreur de l'entendre prononcer ce nom. Comment diable… ?

— Je vous pose la question, reprit-il lentement et avec prudence, parce qu'il n'est pas encore 4 heures et que déjà une rumeur circule selon laquelle vous l'auriez fait passer pour un idiot hier soir.

— Un idiot ? s'exclama Madeline avant d'éclater de rire, surprise. Il m'a invitée à danser. J'ai refusé. Quand il a demandé à nouveau, je suis partie. Si cela a suffi pour le faire passer pour un idiot…

— Quoi que vous lui ayez dit, on raconte qu'il avait l'air furieux. Et, d'après une vieille lady amatrice de ragots, vous lui auriez ri au nez avant de vous éloigner… « en plastronnant ».

Madeline fronça les sourcils.

— Je ne plastronne pas !

Liam lâcha un rire maussade avant de faire les cent pas dans le petit bureau, comme s'il mourait d'envie de casser quelque chose.

— Non, je le sais bien, ma chère. Mais je peux aisément imaginer qu'un homme aveuglé par son propre désir considère votre gracieuse démarche comme provocatrice.

Madeline se leva d'un bond.

— Provocatrice ? Je ne fais absolument rien pour attirer le regard et je ne laisserai personne me blâmer pour un tort qui n'est pas mien.

Liam agita la main, l'air agacé et contrit à la fois.

— Allons, rasseyez-vous. Je n'ai pas dit que je vous trouvais provocatrice.

— Dieu merci, marmonna-t-elle en retombant avec colère sur sa chaise.

— Dieu me garde de commettre un jour cette erreur, assura l'homme. Mais je vous pensais capable de refuser leurs avances de façon plus… diplomatique.

— C'est le cas.

Et c'était vrai. Pourtant… elle n'avait pas réellement fait l'effort avec Mr Bennet, en se montrant directe et presque crue dans sa réponse. Mais cela n'avait pas vraiment d'importance, si ?

— Êtes-vous inquiet parce que quelqu'un répand la rumeur que je l'ai provoqué ? Vous savez que taquiner un homme de temps en temps m'aide à faire mon travail. Et puis honnêtement… il l'avait bien cherché. Mr Bennet m'a approchée, a balayé d'un revers de main mes refus polis et insisté jusqu'à en devenir une pénible distraction. Alors, oui, j'ai fini par lui infliger une rebuffade, et si cela ne l'a guère amusé je ne peux que plaider coupable.

Madeline haussa les épaules avant d'ajouter :

— Mais pour ma défense ses attentions ne m'amusaient guère non plus.

Liam la dévisagea en plissant les yeux avant de répondre, presque à contrecœur :

— Si vous en êtes bien certaine… J'ai simplement été surpris d'entendre cette histoire.

Pas autant que Madeline de découvrir que sa rencontre avec Mr Bennet faisait déjà l'objet de racontars dans toute la capitale. Outre Madeline elle-même, Liam ne disposait que d'une seule autre source de ragots : sa mère. Mrs MacGregor était une passionnée de commérages, mais elle n'évoluait pas dans les mêmes cercles que Madeline, qui fréquentait la haute société dont faisait partie Douglas Bennet.

Mrs MacGregor ne se trouvait pas au bal, hier soir, et Madeline était certaine qu'aucune de ses amies non plus. Si elle avait entendu parler de cette histoire, alors tout Londres devait déjà bourdonner de rumeurs à leur sujet.

— Si vous ne preniez pas le thé avec votre mère tous les jours, vous n'auriez rien appris qui soit susceptible de vous inquiéter.

Liam s'esclaffa.

— Je sais. Mais cela lui fait plaisir et me donne l'occasion d'obtenir de vraies informations.

— Comme si les résultats des ventes ne suffisaient pas à prouver que mes informations sont authentiques, grogna Madeline avec ironie. Y a-t-il autre chose qui vous a alarmé ? Cela ne vous ressemble pas de prendre ce genre de rumeurs au sérieux… pas de cette façon.

— Les rumeurs font partie de mon travail.

Il fourra la dernière création de Madeline dans la poche de son manteau.

— Mais de temps en temps c'est pour *vous* que je m'inquiète.

Madeline ne put s'empêcher de ressentir un élan de sympathie pour Liam, qui la considérait presque comme une sœur. Il ne prenait guère la peine de masquer son tempérament impatient et exigeant lorsqu'il traitait avec elle, mais Madeline savait qu'il n'hésiterait pas une seconde à voler à son secours si elle le lui demandait.

— Voilà qui ne fait pas partie des termes de notre partenariat, répondit-elle, mi-figue, mi-raisin.

— Non, mais Arthur était l'un de mes plus chers amis. Vous laisser aux griffes d'un scélérat coureur de jupons reviendrait à cracher sur sa tombe, en particulier si vous le fréquentez dans le cadre de notre affaire. Bref, si Bennet vous pose problème, dites-le-moi.

Madeline jeta un regard au coin de papier qui dépassait de la poche du manteau. Peut-être devrait-elle reprendre son texte et modifier quelques détails... Mais Liam s'en chargerait lui-même, une fois qu'il aurait lu ce qu'elle avait écrit, aussi chassa-t-elle les derniers scrupules de son esprit. Si Mr Bennet songeait encore à elle à l'avenir, ce serait avec mépris ou agacement.

— Je doute qu'il puisse me gêner longtemps. Cet homme n'est pas suffisamment déterminé pour devenir une véritable nuisance. Ce soir ou demain, une autre femme éveillera ses fantasmes et les vieilles commères auront un nouveau sujet de conversation.

Madeline traversa la pièce et planta un léger baiser sur sa joue.

— Mais merci de vous inquiéter pour moi, Liam.

— Soyez prudente, prévint ce dernier. Aucune somme

d'argent ne vaut de mettre votre santé ou votre bonheur en péril.

Madeline ne répondit rien. Elle non plus ne tenait pas à se mettre en danger, mais Douglas Bennet ne lui inspirait aucune crainte. Son travail avec Liam était bien plus risqué que de fréquenter ce fils de baronnet.

— Ce récit est-il croustillant ? demanda Liam en tapotant la poche contenant les feuillets, comme pour changer de sujet.

— Autant que d'ordinaire, je suppose.

Madeline était heureuse de chasser la gêne pesante du petit bureau.

— Ah, alors ce sera brillant ! déclara-t-il avec un large sourire. Je dois bien admettre que vous aviez entièrement raison au sujet de ce partenariat. Je pensais que c'était de la folie, mais je me trompais.

— Au moins, vous en avez pris conscience. Arthur aurait été profondément déçu que vous passiez à côté d'une telle aventure.

Son défunt mari lui avait laissé peu d'argent, mais de nombreux partenariats et investissements. Certains n'avaient eu aucune valeur, ou fort peu, toutefois, sa part dans la petite imprimerie en difficulté de Liam avait fini par payer bien plus que tout le reste combiné. En particulier depuis que Liam avait accepté de tester ses idées et de faire d'elle une véritable associée. Madeline possédait un atout précieux : sa place dans la haute société et un accès à toutes les rumeurs et à tous les scandales… le genre de contenu piquant dont raffolaient leurs lecteurs. Combiner cet avantage à un support papier avait fait des étincelles.

— Je doute qu'il se serait attendu à cela, mais il en serait sans doute satisfait malgré tout, reconnut Liam avec une grimace. Essayez cependant de ne pas devenir la *source* de ces rumeurs, voulez-vous ?

— Pour vous, répondit-elle avec un sourire.

C'était une promesse qui ne coûtait rien. Elle était prête à parier que Douglas Bennet l'avait déjà oubliée. Quant à elle… il ne lui restait plus qu'à en faire autant.

Chapitre 4

À la lumière du jour suivant, Douglas prit conscience de son erreur.

Il était tombé dans un piège finement tendu. Tous les paris que Spence proposait avaient généralement une facette cachée, un élément qui faisait pencher la balance en sa faveur. Si Douglas s'en était souvenu au lieu de se laisser éblouir par le joli visage de Mrs Wilde, il aurait pu s'épargner l'humiliation de la veille.

Toutefois, un pari accepté ne pouvait être révoqué. Et plus ses chances étaient minces, plus Douglas était déterminé à se battre jusqu'au bout. Mais pour l'instant il ignorait pratiquement tout de Madeline Wilde ou de l'opuscule dont elle était, d'après Spence, l'autrice. Deux mille livres, ou les mille cinq cents qu'il empocherait en cas de victoire une fois les gains partagés, étaient une somme importante… mais outre la récompense Douglas devait admettre qu'il était curieux et fasciné par la belle Mrs Wilde. Par chance, il savait exactement qui pourrait lui en apprendre plus et, maintenant que cette source était mariée, il n'aurait plus à se sentir coupable de l'interroger. Il prit donc la direction de Hanover Square et fit retentir la cloche d'une maison dont la façade était encore masquée par un réseau d'échafaudages.

— Comment vas-tu, petite sœur ? s'exclama-t-il en guise de salutations lorsque la maîtresse des lieux lui ouvrit et l'invita dans le salon.

— Très bien, merci.

Joan avait beau être devenue Lady Burke, tous deux ne s'étaient jamais embarrassés du vouvoiement protocolaire lorsqu'ils discutaient seuls. Toutefois, la jeune femme le dévisagea avec curiosité, sans doute choquée qu'il soit venu lui rendre visite.

— Et toi ?

— Pas trop mal.

— Qu'est-ce qui t'amène ?

Il songea à toutes les choses qu'il pourrait dire pour la tourmenter. Comme prétendre qu'il avait entendu une rumeur particulièrement alléchante, puis refuser de lui révéler quoi. Ou feindre l'indignation qu'elle ait épousé son meilleur ami, le laissant à la merci de types sans scrupule comme Spence. Au moins, Tristan Burke n'avait jamais cherché à le faire passer pour un idiot… en tout cas pas délibérément. Douglas devait toutefois bien avouer s'être trouvé terriblement bête lorsqu'il avait reçu un billet très succinct de son père lui ordonnant de rentrer rapidement à Londres pour célébrer le mariage de Burke avec Joan.

Finalement, il opta pour une approche frontale. Joan avait une tendance très amusante, et très pratique, à trop en dire lorsqu'elle était embarrassée… et Douglas avait besoin de tout savoir.

— As-tu déjà entendu parler des *50 façons de pécher* ?

Sa sœur se figea, les yeux écarquillés.

— Pardon ?

— *50 façons de pécher,* répéta-t-il.

— Non !

Lentement, un sourire étira les lèvres de Douglas. Joan avait répondu trop rapidement, d'une voix trop aiguë. Elle se mit à rougir jusqu'à la racine des cheveux. De toute évidence, elle mentait.

— Je ne vois absolument pas de quoi tu parles.

Elle saisit sa tasse de thé d'un geste brusque et en sirota une longue gorgée.

— Oh ! vraiment ? Allons, ma chère Joan, l'encouragea-t-il. Je finirai par découvrir de quoi il s'agit. Autant que tu me le dises.

— Si tel est le cas, il n'y a aucune raison pour que tu m'importunes davantage avec cela.

— Tu devrais te sentir flattée ! Je suis venu te voir en premier, car j'ai confiance en ton savoir et ta discrétion.

Joan plissa les yeux. Douglas conserva son large sourire, mais se tança intérieurement : il en avait trop fait.

— Tu ne m'as jamais fait la moitié d'un tel compliment, l'accusa-t-elle. Pourquoi tiens-tu autant à savoir ce que contient cette stupide publication, d'ailleurs ?

— De quel genre d'histoire s'agit-il ?

Elle rougit à nouveau.

— Ce n'est qu'une série complètement idiote. D'après ce qu'on m'en a dit.

— Il n'y a donc pas qu'un seul récit.

Joan lui lança un regard venimeux.

— Fiche le camp, Douglas. Je dois aller m'assurer que nos affaires sont rangées correctement dans nos malles. Tristan souhaite se rendre à Wildwood et nous partons dans quelques jours.

— Comme tu voudras, répondit-il avec aisance. Est-ce qu'il est ici ?

Sa sœur venait de se lever, mais elle se laissa retomber dans son fauteuil à cette question.

— Pourquoi ?

Il haussa une épaule.

— Peut-être que *lui* sait de quoi il s'agit. Burke me le dira, d'un gentilhomme à un autre.

Joan sembla alors réfléchir à toute vitesse.

— Non, il ne te dira rien.

— Et pourquoi cela ? répliqua Douglas avec un rictus moqueur. Ces ouvrages me paraissent décidément de plus en plus mystérieux.

Joan retrouva aussitôt son assurance. Avec un sourire confiant, elle répondit :

— Achète un exemplaire et vois par toi-même.

— Peut-être le ferai-je !

Les yeux de Joan étincelèrent de malice.

— Chiche.

Douglas s'éclaircit la gorge lorsqu'il prit conscience qu'il venait de se couper l'herbe sous le pied.

— Où puis-je m'en procurer ?

Cette fois, elle partit d'un grand rire.

— Comment as-tu entendu parler de ces histoires, si tu ne sais absolument rien à leur sujet ?

— Quelqu'un en a fait mention.

— Oh ? Qui donc ?

Il avait éveillé son intérêt. Joan adorait les potins croustillants. C'était d'ailleurs pour cela qu'il avait voulu s'adresser à elle. Mais Douglas hésita. Les paris d'un gentilhomme étaient une affaire privée et il ne pouvait décemment pas évoquer celui-ci devant une lady, encore moins sa propre sœur.

— Un inconnu, à un bal.

— Un homme ? cilla Joan. Et qu'a-t-il dit ?

Maudit Spence ! Il n'avait rien expliqué du tout.

— Seulement que je trouverais cette publication intéressante. Étant donné son titre, il avait sans doute raison.

Douglas haussa les sourcils avec amusement avant de poursuivre :

— S'il te plaît, dis-moi qu'il s'agit de récits d'infinie débauche et de péchés charnels assumés !

Mais au lieu de pouffer d'un rire moqueur, comme il l'avait anticipé, sa sœur s'empourpra de nouveau.

— Tu es à court d'idées pour tes petites soirées privées, c'est cela ?

Douglas la dévisagea, abasourdi.

— Attends, ai-je vu juste ? Tu ne me taquines pas, n'est-ce pas, Joan ?

Ce pari était en phase de devenir doublement fascinant.

— Je n'ai pas dit un mot !

Mais son visage était plus rouge qu'un rubis. Avant que Douglas ne puisse lui assurer qu'elle venait de lui en révéler bien plus qu'elle ne souhaitait l'admettre, même sans parler, son beau-frère choisit cet instant pour faire son apparition. Tristan, Lord Burke, s'arrêta dans l'embrasure de la porte avec son habituelle expression suffisante.

— Bennet ! Comme il est étrange de te voir en journée.

Amis depuis l'enfance, les deux hommes n'avaient jamais pris la peine de se vouvoyer dans l'intimité.

— Il s'apprêtait à partir, rétorqua Joan d'un ton pressé. N'est-ce pas, Douglas ? Je crois que mère a prévu de passer aujourd'hui…

— C'est un plaisir de te revoir, Burke, lança Douglas en ignorant totalement la jeune femme. Je me suis dit qu'il était temps de venir m'assurer que ma sœur n'était pas déjà parvenue à te rendre fou.

Le regard de Burke glissa vers Joan, qui rougit à nouveau. Le vicomte s'assit à côté de son épouse et étendit les deux bras sur le dossier du sofa.

— Que veux-tu *vraiment* ?

— Je suis venu prendre le thé, protesta Douglas.

Mais Burke haussa un sourcil profondément dubitatif, indiquant qu'il n'en croyait pas un mot. Douglas se retint de jurer ; son ami le connaissait trop bien.

— Et pour échanger les derniers potins, admit-il avec un sourire charmeur. Naturellement, j'ai songé à ma chère sœur, qui les apprécie tout particulièrement. J'étais en train de lui demander si elle avait entendu parler d'une publication intitulée *50 façons de pécher*.

Joan poussa un couinement étranglé, comme une souris qui se serait fait marcher sur la queue. Burke parut surpris un instant, puis il bascula la tête en arrière et rit à gorge déployée.

— Et tu es venu interroger *ta sœur* à ce sujet ? Aurais-tu perdu la raison ?

Douglas fronça les sourcils.

— Pourquoi ? De quoi s'agit-il ?

Burke partit d'un nouveau rire. Sa réaction commençait à agacer Douglas, mais avant qu'il ne puisse répondre Joan intervint :

— C'est une série de récits très obscènes, expliqua-t-elle rapidement, écrits par une libertine qui se fait appeler Lady Constance. Elle y parle de ses amants et de toutes les choses perverses qu'ils font ensemble. Pourquoi diable t'y intéresses-tu ?

Des récits obscènes ? À propos des amants de l'autrice ? Douglas fronça de nouveau les sourcils en se tournant vers Burke, qui lui adressa un large sourire en retour.

— Lady Constance comment ? demanda-t-il d'un ton sec.

Le visage de Joan était toujours écarlate.

— Personne ne le sait. Mais c'est une femme de *la haute,* car elle relate des événements qui se sont réellement produits.

— Ne me dis pas que tu as trouvé le moyen de figurer dans l'un des derniers numéros, le taquina malicieusement son beau-frère.

Burke était un démon, songea Douglas avec colère. Il avait adoré cette facette de son ami à l'époque où ils étaient tous deux célibataires, mais beaucoup moins à présent qu'il en faisait lui aussi les frais.

— J'ignore même ce qu'ils contiennent. Comment pourrais-je savoir si je…

Mais il s'interrompit lorsque les paroles de Tristan firent leur chemin. Joan émit un autre couinement étranglé et dissimula son visage derrière ses mains.

— Comment ça « figurer » ? Tu veux dire comme un amant de l'autrice ?

— Elle fait des ravages parmi la bonne société et n'hésite pas à ramener toutes sortes de gentilshommes chez elle pour une nuit de débauche, répliqua Burke avec un clin d'œil. Ça ne te rappelle personne ?

Les épaules de Joan étaient agitées de soubresauts. Douglas l'ignora et fusilla Burke du regard. Son ami prenait beaucoup trop de plaisir à le mettre mal à l'aise. Certes, Douglas en aurait fait autant si la situation avait été inversée, mais il ne se serait jamais moqué aussi… ouvertement ! Et d'ailleurs Douglas n'aurait jamais interrogé sa sœur sur *50 façons de pécher* s'il s'était douté qu'il s'agissait de… *cela* ! Pour ce qu'il en savait, cette publication aurait très bien pu être un tract biblique. Mais de toute évidence Burke était parfaitement au courant.

Et pas le moins du monde embarrassé de l'admettre, même en présence d'une femme. Il aurait au moins pu répondre directement à ses questions… Et ne pas oublier que la demoiselle qui les écoutait n'était autre que la sœur de Douglas et non une vulgaire fille de joie !

Douglas préférait ne pas s'interroger sur la façon dont Joan en avait tant appris sur ces histoires licencieuses. Son union avec Burke l'avait visiblement pervertie.

— Non, personne.

Il s'éclaircit la gorge, cherchant désespérément un moyen de changer de sujet.

— Oublions cela, reprit-il. J'avais une autre question, plus innocente. J'ai rencontré une jeune femme intéressante hier soir.

— Dans quelle taverne ? ironisa cette crapule de Burke.

— Au bal des Creighton.

— Qui était-ce ?

Joan semblait s'être suffisamment remise de ses émotions pour émerger de derrière ses paumes, même si ses joues étaient toujours aussi rouges que des cerises.

— Madeline Wilde.

Burke haussa les épaules, mais Joan ouvrit la bouche, stupéfaite.

— Elle t'a *parlé* ?

— Oui, répondit-il avec une once d'irritation.

Cette visite ne se déroulait pas du tout comme prévu et encore moins comme il l'avait espéré.

— Pourquoi ? Est-ce un miracle ?

— Pratiquement ! s'exclama sa sœur. C'est une dame très réservée. Chic et extrêmement élégante, bien sûr… elle portait une toilette absolument magnifique à l'opéra, le mois dernier.

L'espace d'un instant, l'expression de la jeune femme se teinta d'un émerveillement envieux.

— La perfection incarnée, en soie brodée avec des rosettes et…

— Qui est-elle ?

Douglas savait d'expérience que Joan, tout comme leur mère, pouvait s'entretenir pendant des heures de la coiffure, de la tenue et des chaussures d'une autre femme. Tout ce dont il se souvenait, c'était la soie émeraude qui drapait la magnifique poitrine de Mrs Wilde et la façon dont sa jupe ondulait au rythme de ses hanches. Il appréciait son sens de la mode, mais pas au point de vouloir l'analyser en détail avec sa sœur.

Joan fit la moue, vexée, mais abandonna aussitôt ses louanges sur les toilettes de Mrs Wilde.

— Je ne sais pas grand-chose. C'est une femme tout juste respectable. Enfin… non, ce n'est pas charitable envers elle. C'est sa mère qui s'est conduite de façon scandaleuse. Adèle Dantes. Une Française, évidemment. Son époux, Henri Dantes, était l'un des pires débauchés que l'histoire ait connus. Je pense même pouvoir affirmer qu'il vous surpassait, et de loin, ajouta-t-elle avec un regard faussement pudique à son mari, qui lui répondit d'un clin d'œil. Mais un jour il est parvenu à rembourser la totalité de ses dettes et personne n'a jamais su comment. Il s'est remis à parier et à dilapider ses fonds sans restriction jusqu'au soir où il est tombé raide mort pendant qu'il marchait. Il a fait un genre de crise, ou quelque chose comme ça.

— Qu'est-ce que cela a de scandaleux ?

— On raconte que c'est le duc de Canton qui aurait payé les dettes de Mr Dantes en échange d'un… accès au lit de Mme Dantes. Et que Mrs Wilde serait la fille naturelle de Canton. D'ailleurs, plus d'une personne soupçonne que le duc, ou même Mme Dantes en personne, aurait précipité le mari dans sa tombe. Dieu sait que l'existence de Mme Dantes s'est grandement améliorée après la mort de son époux, bien qu'elle ne se soit jamais remariée ! Et elle partage toujours la loge du duc, lorsqu'elle se rend au théâtre.

Joan croisa délicatement les mains.

— Évidemment, personne ne peut prouver ces soupçons, il n'y a rien de certain.

Voilà donc pourquoi Spence l'avait qualifiée de « fille de courtisane ».

— Mais cela ne concerne pas Mrs Wilde, n'est-ce pas ? voulut-il qu'on lui confirme.

— Oh ! Je ne sais presque rien sur elle, reconnut Joan. Elle a épousé un homme respectable, l'un des cadets du comte de Carrington, mais a gardé ses distances avec la société depuis son décès. Elle est invitée à toutes les réceptions, mais ne danse jamais. Elle semble connaître tout le monde sans pour autant avoir de véritables amis. On ne la voit jamais au bras d'un gentilhomme ; les seuls qui osent l'approcher sont les imbéciles qui s'amusent à parier qu'ils pourront la convaincre de danser.

L'expression dédaigneuse de Joan ne laissait aucun doute quant à ce qu'elle pensait de ce genre de comportement. Douglas s'efforça de figer son visage ; il n'allait pas se trahir aussi facilement.

— Mère risque de faire une apoplexie si tu décides de la courtiser, tu sais.

Douglas sourit.

— Qui a dit que j'aurais besoin de la courtiser ?

— Ne sois pas vulgaire, rétorqua Joan avec une grimace.

— Je ne fais qu'énoncer une vérité, ma chère sœur.

Il se leva avant de conclure :

— Merci pour ces informations. Quoi que je décide d'en faire, je te promets de me montrer discret.

Il s'inclina et s'apprêta à prendre congé, mais il s'arrêta dans l'embrasure de la porte.

— Où puis-je trouver l'une de ces histoires ? Je suppose que Hatchard évite d'en garnir ses rayons.

Burke échangea un regard avec Joan, qui piqua un nouveau fard.

— Dans une petite librairie poussiéreuse de Madox Street. Ils devraient en avoir.

L'espace d'un instant, Douglas hésita à lancer un commentaire grivois à l'intention de Burke, mais il décida finalement qu'il ne tenait pas du tout à savoir ce qui se passait entre son ami et sa sœur dans leur intimité. Il frémit d'horreur, chassa de son esprit les quelques images qui tentaient de s'y installer, et quitta Hanover Square.

Tandis qu'il se dirigeait vers Madox Street, plus curieux que jamais d'enfin mettre la main sur cette mystérieuse publication, Douglas se creusa les méninges. Le fils du comte de Carrington… lequel avait-elle bien pu épouser ? C'était une fratrie de trois ou quatre et, après mûre réflexion, Douglas songea qu'elle s'était probablement unie à Arthur, le benjamin. Douglas avait été à Eton avec Arthur Wilde, mais déjà à l'époque ils évoluaient dans des cercles très différents. Arthur était studieux et réservé, un homme décent, respectable. Douglas ressentit un élan de compassion pour lui. Comment ne pas en éprouver pour quelqu'un qui était mort si jeune et laissait derrière lui une telle épouse ?

Douglas trouva la petite librairie sans difficulté. Un

carillon retentit lorsqu'il ouvrit la porte et le propriétaire, un homme bien en chair, leva le nez.

— Bien le bonjour, cher monsieur, lança-t-il, chacune de ses syllabes parfaitement huilée. En quoi puis-je vous être utile ?

Un rapide coup d'œil à la boutique apprit à Douglas que l'endroit était désert.

— Je cherche une publication intitulée *50 façons de pécher.*

— Il doit m'en rester un exemplaire ou deux, mais guère plus, je le crains. Si vous voulez bien m'excuser, je vais aller vérifier.

Douglas s'accouda au comptoir tandis que l'homme disparaissait dans l'arrière-boutique. Malgré les remarques moqueuses de Burke et les rougissements furieux de Joan, il ne pouvait croire ces histoires aussi obscènes. Surtout si Burke et Joan les lisaient ! Sa sœur était une jeune lady bien éduquée et Douglas savait que sa mère l'avait élevée de la façon la plus respectable possible. Certes, cela n'avait pas empêché Joan de garder une personnalité indépendante et audacieuse, mais il doutait fortement que les histoires de Lady Constance puissent rivaliser avec les romans lubriques que *lui* avait lus. Les poèmes du comte de Rochester comptaient parmi ses favoris ; ses camarades d'université et lui se les étaient arrachés. Il s'amusa à songer aux réactions de femmes prudes comme Joan découvrant les œuvres de Rochester… Les pauvres défailliraient ! Puis il s'efforça d'imaginer ce que Lady Constance avait bien pu écrire pour que sa sœur s'empourpre de la sorte. Sans doute des baisers volés dans un jardin, ou peut-être des récits fantaisistes d'un bandit masqué enlevant une belle jouvencelle sur la grande route avant de révéler qu'il était en vérité un gentilhomme honorable dans une situation difficile. Douglas savait que sa sœur aimait la romance et l'aventure.

Son mariage avec Burke n'avait aucun sens, quand il y réfléchissait ; il ne comprenait pas comment ces deux-là avaient fini ensemble. Un jour, il obligerait quelqu'un à lui expliquer toute l'histoire.

Le libraire revint avec un paquet plat dans la main.

— Veuillez me pardonner pour l'attente, monsieur, il avait glissé derrière l'étagère. Mais le voici et je dois dire que vous êtes particulièrement chanceux, car c'est mon tout dernier exemplaire.

Douglas lui tendit la somme convenue.

— J'en déduis qu'il est difficile de se procurer la série ?

— Très difficile, gloussa le boutiquier en opinant. Presque impossible ! Voilà bien une quinzaine que ce volume est paru et je n'ai pas vu l'ombre d'un nouveau numéro depuis. J'aurais aisément pu écouler le double d'exemplaires !

— Vraiment ?

Douglas saisit le paquet et l'examina avec curiosité.

— Combien en avez-vous vendu ?

— Un grand nombre, répondit joyeusement le libraire. Cette série est excellente pour les affaires, monsieur, réellement excellente.

— Hmm.

Douglas glissa le tout dans sa poche.

— Bonne journée.

Dès qu'il fut rentré chez lui, à Half Moon Street, il déchira le papier brun. Toujours persuadé d'avoir entre les mains un récit invraisemblable et candide destiné aux jeunes filles romantiques, Douglas n'en demeurait pas moins curieux. Après tout, quelqu'un avait offert une prime pour connaître le nom de son autrice. Et le simple fait de mentionner son titre avait fait rougir sa sœur comme une forge ! Quant au libraire de Madox Street, il semblait convaincu que cette publication valait de l'or. Que diable pouvaient bien contenir ces pages ? Douglas poussa la porte du salon, entra puis, s'adossant au cadre de la fenêtre, ouvrit la couverture modeste et prude et se mit à lire.

Au terme de la première page, il haussa un sourcil.

Au terme de la deuxième, l'autre s'envola.

Et lorsqu'il atteignit la fin du récit, bouche bée, Douglas ne se souciait plus du pari de Spence, ni de la prime pour l'identité de Lady Constance. Il en oublia même de se demander comment son ami Burke pouvait laisser Joan lire ce genre de choses !

Si Madeline Wilde avait réellement écrit cela, et même si chaque mot n'était que le fruit de son imagination et non de son expérience, Douglas tenait absolument à la connaître *beaucoup* plus intimement.

Chapitre 5

Madeline ressentit une légère surprise lorsqu'elle aperçut Mr Bennet marchant droit vers elle, deux soirs après leur première rencontre. Elle en éprouva également une certaine irritation ; un gentilhomme si grand et séduisant ne pouvait manquer d'attirer l'attention, or elle avait espéré rester discrète. Mais il ne la lâchait pas du regard, comme s'il se moquait de ce que l'on penserait en le voyant rechercher sa compagnie... ce qui était d'autant plus agaçant, puisque tous ceux qui avaient deviné sa destination se dévissaient à présent la nuque pour observer la réaction de Madeline. Elle fixa un sourire chaste sur ses lèvres, consciente qu'une nouvelle vague de rumeurs déferlerait sur eux dès le lendemain matin. Visiblement, Mr Bennet n'était pas le genre d'homme à accepter la défaite si aisément. Madeline risquait d'avoir du mal à le remettre à sa place.

Mais tandis qu'il approchait, la foule se fendant devant lui pour mieux se tourner vers elle, la jeune veuve sentit une étrange tension naître au creux de son estomac et se répandre dans ses veines. Ce n'était ni de l'irritation ni de l'étonnement.

Naturellement, songea Madeline, *tu ne serais pas une femme si sa présence ne provoquait pas une certaine... anticipation.*

Oui, c'était simplement cela. De l'anticipation, non de l'intérêt ou, pire, de l'attirance. Mr Bennet avait adopté la mode du moment. Il était drapé d'un costume entièrement noir, à l'exception du gilet et de la cravate, et elle devait bien admettre que l'effet était dévastateur. Sa tenue soulignait avec élégance la sveltesse athlétique de sa carrure et la puissance musculeuse de ses épaules. Il avait peigné ses épais cheveux auburn en arrière, se débarrassant ainsi de la mine de séducteur négligé qu'il avait arborée à leur première rencontre. Quant à ses prunelles noisette, elles fixaient Madeline avec une intensité qui aurait dû la déranger mais, au lieu de cela, lui causait des trépidations dans la poitrine.

— Mrs Wilde.

Il s'inclina devant elle lorsqu'il fut parvenu à sa hauteur.

— Bonsoir, monsieur. Eh bien, qu'avez-vous parié, ce soir ?

— Rien, madame, répondit-il avec aisance.

Il saisit deux verres sur le plateau d'un valet de pied qui passait à proximité et lui en tendit un.

— Comme vous l'avez deviné lors de notre première rencontre, j'ai perdu mon pari. Et la défaite n'est guère à mon goût. Ce soir, je ne suis venu que pour satisfaire mon bon plaisir.

Elle haussa un sourcil.

— Sans songer au mien ?

— Au contraire, madame, j'ai longuement songé à votre plaisir également.

Une chaleur teintée d'admiration étincela dans ses yeux, mais il ne jeta pas un regard à sa poitrine, comme tant d'hommes le faisaient. Son visage paraissait le fasciner.

— À notre plaisir mutuel.

Madeline porta sa coupe à ses lèvres pour s'empêcher de tressaillir. Comment pouvait-elle le laisser avoir un tel effet sur elle ? Un effet si ostensiblement physique ? Sa propre réaction la dégoûtait.

— Qui vous dit que mon plaisir implique votre présence ? Peut-être mon plaisir se résume-t-il à votre départ, afin que je retrouve ma tranquillité ?

— Et une longue observation solitaire, répliqua-t-il avant de secouer la tête et d'appuyer une épaule contre le pilier à côté d'elle. En quoi cela pourrait-il vous apporter du plaisir ?

Mais Madeline ne venait pas à ces bals pour le plaisir. Elle n'y participait que pour recueillir les derniers potins et les scandales les plus frais, des informations vitales pour son travail avec Liam. La jeune femme ne pouvait se permettre de boire et de danser, sans quoi elle ne parviendrait jamais à retranscrire fidèlement les récits obtenus. Par ailleurs, sa réputation de demoiselle froide et distante semblait lui valoir davantage d'invitations à ces réceptions. Ce soir, elle connaissait à peine les hôtes de la fête. Sans doute ne conviaient-ils Madeline que dans l'espoir d'en apprendre plus sur elle. Elle était un mystère : une lady élégante aux nombreuses connexions, qui laissait une brume de scandale dans son sillage. Une femme indépendante qui vivait confortablement sans aucun moyen apparent de subvenir à ses besoins. Et puis, il n'y avait jamais assez de veuves fortunées pour satisfaire les débauchés et les séducteurs sans le sou qui rôdaient dans les salons de Mayfair à la recherche de chair fraîche.

— Vous ignorez tout de mon plaisir, rétorqua-t-elle d'un ton tranchant.

Elle ne doutait pas un instant que sa seule intention était de la mettre dans son lit, et rien de plus.

— Mais je suis venu pour apprendre, répondit-il en lui adressant son fameux sourire, qui ne manquait jamais de lui couper le souffle. Peut-être devrions-nous reprendre depuis le début ?

Mr Bennet lissa sa cravate et s'éclaircit la gorge.

— Bien le bonsoir, madame. La fête vous est-elle agréable ?

Madeline ne put retenir un sourire.

— Passablement.

— Passablement ! s'exclama-t-il, les sourcils froncés. Quel maigre éloge des goûts de notre hôtesse ! Est-ce la musique ? J'admets préférer moi-même un bon *reel* à ces quadrilles français. Et puis, qui danse encore le quadrille, de nos jours ? Ces mélodies me font toujours penser à ma grand-mère, la partenaire de quadrille la plus accomplie que j'aie jamais connue, même s'il m'aurait coûté de le reconnaître lorsque j'avais douze ans et qu'elle m'enseignait les pas avec une patience admirable.

— Peut-être avez-vous oublié à quel point un quadrille peut être romantique ?

Il haussa un sourcil, fit mine de réfléchir un instant, puis secoua la tête.

— Peut-être, en effet. J'admets n'avoir jamais rien perçu de romantique dans cette activité. Le fait que ma grand-mère demeure dans mon esprit ma partenaire préférée le prouve, je crois.

— L'on peut en dire autant d'un *reel.* Le rythme et les pas ne concèdent guère de temps à la conversation ou à l'intrigue sentimentale.

— Il est vrai, reconnut-il avec un rire. Mais ils permettent de passer un excellent moment, à la fois gai et stimulant ! Et j'aime ce genre de danse. À ceux qui souhaitent discuter, je recommanderais plutôt de trouver un instant de quiétude afin de concentrer toute leur attention sur leur partenaire.

Son regard chatoyant d'admiration parcourut une nouvelle fois le visage de Madeline.

— Comme dans le cas présent.

La jeune femme tâcha de se convaincre qu'il ne faisait que badiner, mais ne pouvait s'empêcher d'apprécier tout ce marivaudage. Et même s'il la détournait de son objectif, et donc de son unique moyen de subsistance, elle ne parvenait plus à revêtir son masque de froide hauteur.

— Et de quoi pourrions-nous bien parler ? le gourmanda-t-elle gentiment. Vous n'avez aucun pari à gagner et je n'ai aucunement l'intention de danser. Une fois que nous aurons évoqué le temps, nous n'aurons plus rien à nous apprendre et cet « instant de quiétude », pour reprendre vos propres termes, se muera en un long silence gêné qui ne fera honneur à aucun d'entre nous.

— Je vous trouve injuste ! Qui vous dit, madame, que je n'ai pas une liste de sujets de conversation des plus divertissants à soumettre à votre jugement ?

Elle haussa les deux sourcils d'étonnement et Mr Bennet acquiesça avec assurance :

— C'est une des premières leçons que j'ai retenues : ne jamais approcher une lady sans un thème de discussion susceptible d'éveiller sa curiosité. Ainsi, l'on évite les longs silences gênés. Et, si le dialogue évolue ensuite vers un échange plus naturel et agréable pour les deux parties, alors tant mieux !

Il lui donnait envie de rire.

— Je vois. Et quels sujets aviez-vous préparés dans le dessein d'alimenter notre conversation ?

— La danse, bien évidemment, déclara-t-il avec un large sourire. L'anecdote sur ma grand-mère est authentique ! Elle aimait m'enseigner les pas et n'hésitait pas à abattre son éventail sur mon crâne avec une remarquable vigueur lorsque j'avais l'outrecuidance de sauter une leçon. Un jour, pour me punir, elle a invité ma sœur à assister à notre cours.

Mr Bennet secoua la tête, l'air faussement sombre.

— Ce fut une humiliation de longue durée pour le jeune homme que j'étais.

Madeline se mordit l'intérieur des joues pour ne pas rire et sirota une autre gorgée de champagne. Mr Bennet poussa un soupir théâtral, puis haussa les épaules avant d'ajouter :

— Puis-je demander : refusez-vous de danser par choix ou parce que vous êtes inapte ?

Elle s'étouffa dans sa boisson.

— Inapte ?

Il acquiesça sérieusement.

— Vous pourriez très bien dissimuler une jambe de bois, sous ce splendide jupon. Je comprendrais alors qu'il vous soit impossible de valser ou de gambader sur un *reel.*

— Je n'ai pas de jambe de bois ! s'exclama Madeline, partagée entre indignation et amusement.

Mais Mr Bennet ne parut pas remarquer son émoi et poursuivit :

— Ou peut-être ignorez-vous les pas ? Après tout, ce n'est guère un péché. En réalité, trop danser est souvent considéré comme un péché, aussi, ne pas *savoir* danser pourrait appartenir au cercle des vertus.

Il lui adressa une nouvelle fois son sourire charmeur.

— Mais je parle ici de choses qui m'échappent, puisque la vertu n'est guère mon point fort.

Cette fois, Madeline parvint difficilement à masquer son hilarité derrière une légère toux.

— Mr Bennet. Je sais parfaitement comment danser et ne souffre d'aucun mal qui m'en empêcherait. Ma décision de refuser les invitations à danser de tous les débauchés et séducteurs qui me pressent de leurs attentions me paraît tout à fait raisonnable et ne reflète en rien une tendance chez moi au vice ou à la vertu.

— Ah… je vois. Dans ce cas, dans quelle catégorie me rangez-vous ? Débauché ou séducteur ?

Madeline cligna des paupières.

— Je vous ai invitée à danser et vous avez refusé, lui rappela-t-il avec une parfaite logique. Aussi, j'en déduis qu'à vos yeux je réponds forcément à l'un ou l'autre de ces qualificatifs. J'admets que je suis curieux d'apprendre lequel vous m'avez assigné.

— Je…

Madeline se mordit la lèvre avant de déclarer :

— Séducteur.

Une lueur malicieuse étincela dans les yeux de Mr Bennet.

— Séducteur ! Puis-je vous demander selon quels critères vous différenciez l'un de l'autre ?

— Les débauchés sont foncièrement malhonnêtes, expliqua aussitôt Madeline. Les séducteurs sont simplement négligents envers les sentiments et la sensibilité d'autrui.

Au lieu de paraître offensé, Mr Bennet plaqua une main sur son torse et poussa un soupir dramatique.

— Me voici tellement soulagé ! « Débauché » évoque une réelle perversité, vous ne trouvez pas ? Le genre d'homme capable de professer des déclarations passionnées ou des demandes en mariage dans le seul but de parvenir à ses fins, n'est-ce pas ? Le séducteur, en revanche, a quelque chose de romanesque. Je l'imagine mener un charmant phaéton attelé à une paire de splendides chevaux à travers le parc, ôtant son chapeau pour saluer ces dames… toutes ces dames, bien entendu.

— Vous semblez fort bien renseigné.

Madeline remarqua soudain qu'elle avait terminé son champagne. Dommage… elle ne s'autorisait qu'une seule flûte par soirée et se rappelait à peine avoir bu celle-ci.

Il acquiesça.

— J'ai de nombreux amis et la plupart d'entre eux sont soit des séducteurs, soit des débauchés.

Mr Bennet saisit la coupe vide de Madeline et l'échangea aussitôt contre un verre plein qu'il attrapa sur le plateau d'un valet de pied. Il lui tendit le champagne sans un mot. Madeline savait qu'elle aurait dû protester, mais ne put s'y résoudre.

— Jusqu'à aujourd'hui, je n'avais jamais réellement été capable de les différencier. Je vous remercie donc d'avoir si brillamment éclairé ma lanterne !

— Je ne doute pas que la question vous ait empêché de dormir la nuit.

— En plus d'une occasion, répondit Mr Bennet avec une expression faussement douloureuse. Mais passer une soirée à danser en agréable compagnie est mon remède miracle contre les insomnies philosophiques.

Un sourire charmeur étira à nouveau ses lèvres et il ajouta :

— Si à ce sujet vous changez d'avis, je serai heureux de vous escorter sur la piste.

Madeline lui adressa un regard sarcastique avant de répliquer :

— Peut-être n'ai-je refusé votre invitation que parce que je n'ai aucune envie de danser avec vous ?

— Comment ? Mais pour quelle raison objecteriez-vous ? s'exclama-t-il en feignant l'incompréhension. Je suis un excellent danseur et le clame haut et fort !

— Comment le saurais-je ? rétorqua Madeline avant de balayer la pièce d'un geste. Dansez donc avec quelqu'un d'autre, ainsi, je pourrai m'assurer par moi-même que vos prétentions ne sont pas que vantardises.

Il se pencha légèrement vers elle.

— Si je ne vous connaissais pas, je pourrais croire qu'il s'agit là d'une manœuvre habile pour vous débarrasser de moi.

— Une manœuvre habile ? répéta Madeline avec surprise, écarquillant les yeux. Je pensais m'être montrée à peine plus subtile qu'en vous demandant directement de me laisser tranquille, Mr Bennet.

— À peine, gloussa-t-il.

Il se détourna et étudia la salle de bal du regard.

— Et que gagnerai-je à danser avec quelqu'un d'autre ? Je n'en éprouve nullement le désir, vous allez donc devoir me convaincre.

— Je ne puis croire que vous teniez à demeurer dans ce coin isolé en ma seule compagnie, répondit-elle d'un ton léger. Un séduisant gentilhomme comme vous, joliment fortuné et excellent danseur de surcroît ? Allons, monsieur, ne laissez pas de tels atouts languir dans l'obscurité.

Il secoua la tête, presque à regret.

— Le simple fait que vous admettiez me trouver séduisant ne fait qu'attiser mon désir de rester à vos côtés. Essayez encore.

Madeline poussa un soupir de frustration amusée et but une gorgée de champagne.

— Vous pourriez rencontrer une femme sur laquelle votre charme ferait de l'effet.

— Voilà que vous me lancez un défi. Vous me trouvez donc charmant ?

Madeline plissa les yeux d'agacement.

— Laissez-moi tranquille, Mr Bennet.

Il rit.

— Vous avez épuisé votre réserve de politesse ! Entendu. Je vais vous rendre votre liberté et inviter toutes les femmes qui le souhaiteront à danser avec moi. Seulement si…

Il appuya le bras contre le pilier et se pencha davantage vers elle. Madeline inspira profondément pour ne pas reculer d'un pas, loin de sa chaleur tentatrice et de son parfum envoûtant.

— Si vous me laissez vous raccompagner ce soir.

— Je n'ai pas besoin…

Mais il leva un index pour l'empêcher de répliquer.

— Qui a parlé de besoin ? contra-t-il. Accordez-moi le plaisir de vous escorter jusqu'à votre domicile tout à l'heure et je consentirai à vous laisser en paix pour le restant de la soirée. Et, avant que vous n'émettiez des doutes quant à mes intentions, je promets sur le souvenir de ma grand-mère bien-aimée de ne pas même songer à franchir votre seuil. Je m'assurerai que vous regagnez votre foyer en toute sécurité et reprendrai aussitôt ma route. N'oubliez pas que je suis un séducteur, non un débauché.

Il lui lança un clin d'œil complice qui, combiné au sourire intimement chaleureux qui étirait ses lèvres, fit flancher les genoux de Madeline et bondir son cœur. La jeune femme s'efforça d'apaiser cette réaction irrationnelle et réfléchit à son propre intérêt. Personne n'oserait s'en prendre à elle, avec une telle escorte. Et, s'il lui avait menti et cherchait à s'inviter chez elle, Constance l'attendrait avec le pistolet. De plus, le trajet entre le bal et son domicile serait court. Elle pourrait le tolérer… elle était prête à tout pour se libérer de son magnétisme écrasant jusqu'à la fin de la soirée.

— Entendu, murmura-t-elle.

Les yeux de Mr Bennet s'assombrirent.

— Nous avons un accord.

Il saisit sa main, la porta à la bouche et effleura ses phalanges du bout des lèvres.

— Faites-moi signe lorsque vous voudrez prendre congé. D'ici là, madame, je vous souhaite une agréable soirée.

Sur ce, il la relâcha avec délicatesse et s'éloigna d'une démarche tranquille, sans un regard en arrière. Dès qu'il fut parti, l'air autour de Madeline se rafraîchit considérablement. C'était une bonne chose, se convainquit-elle, car sa présence n'avait cessé de faire croître une sensation de touffeur et un sentiment d'embarras. Inclinant sa flûte dans l'espoir de retrouver son sang-froid, Madeline avala le reste de son verre d'une gorgée. Puis, secouant la tête pour s'éclaircir les idées, elle reposa la coupe sur une table proche. Elle avait encore du travail et n'avait pas réalisé l'ombre d'un progrès jusqu'à présent à cause de Douglas Bennet. Cette soirée ne lui avait rien rapporté.

Du moins… rien d'un point de vue professionnel. Madeline regarda Mr Bennet papillonner d'un groupe d'invités à l'autre, discuter aisément avec les hommes et s'attirer les minauderies des femmes. Au bout de quelques minutes à peine, il mena la comtesse de Farnham, une autre veuve, sur la piste de danse. Madeline se mordit la lèvre et fronça les sourcils ; la comtesse était une femme magnifique et sa chevelure blonde offrait un contraste saisissant avec la crinière auburn de Mr Bennet. Madeline aperçut le visage de sa cavalière tandis qu'ils réalisaient les figures de la bagatelle. Lady Farnham paraissait ravie de se trouver dans ses bras et, à moins que Madeline n'ait entièrement perdu son talent pour juger les gens, la comtesse aurait sans doute été heureuse d'y passer la nuit. Avec un effort colossal, Madeline détourna les yeux. Le célèbre Mr B., un éternel favori des dames de Londres, se rappela-t-elle intérieurement. Mais ce soir il était au service d'une seule femme. Voilà qui lui apprendrait à l'avoir délaissée avec tant d'empressement, songea Madeline, avant de se demander avec stupeur pourquoi elle était jalouse. Elle lui avait *ordonné* de la laisser en paix, après tout.

Madeline tâcha de ne plus accorder le moindre regard à Mr Bennet pendant les deux heures qui suivirent. Fidèle à sa parole, ce dernier ne l'importuna plus une seule fois. Hélas, Madeline ne parvint à collecter que quelques maigres ragots… tous les invités semblaient déterminés à se conduire de façon fastidieusement respectable, ce soir. Encore hélas, elle vit Mr Bennet danser avec pas moins de six ladies. Trois veuves, deux épouses malheureuses et une héritière tout à fait charmante. Madeline hésitait toujours à inclure le nom d'une jeune femme célibataire dans ses récits, à moins d'avoir une preuve irréfutable d'un comportement scandaleux, mais ce soir la tentation fut terrible lorsqu'elle aperçut Miss Margaret Childress, fille unique d'un banquier fortuné, qui dansait au bras de Mr Bennet avec un sourire enjôleur, très éloigné de sa modestie habituelle.

Quand Madeline fut prête à partir, elle leva la main dans la direction de Mr Bennet. Alors qu'il dansait toujours avec Mrs Powell, une épouse de général qui le dévorait du regard sans pudeur, Mr Bennet acquiesça brièvement. Au terme de la danse, il raccompagna sa partenaire jusqu'à son groupe d'amis. Mais Madeline remarqua rapidement que la lady en question n'avait aucune intention de le laisser lui filer entre les doigts ; elle resserra sa poigne sur son bras et s'inclina vers lui dans une invitation manifeste. Mrs Powell battit des paupières en lui murmurant quelque chose et Douglas Bennet sourit avant de couvrir sa main de la sienne. Eh bien ! Voilà qui la libérait de leur accord, non ? Madeline n'était même pas certaine de l'avoir réellement pris au sérieux.

Mieux valait s'éclipser tant que l'impressionnante gorge de Mrs Powell détournait son attention. Madeline se dirigea vers la sortie. Elle n'allait tout de même pas rester plantée là à l'attendre pendant qu'il arrangeait ses rendez-vous de fin de soirée. Dans le hall, elle demanda à un domestique de lui apporter son manteau. Son cœur battait la chamade… de soulagement à l'idée d'échapper à la présence perturbante du gentilhomme et non d'un désir rémanent d'entendre ses pas résonner derrière elle, se convainquit-elle.

— Nous y voilà.

La voix grave de Mr Bennet dans son dos la fit sursauter. L'instant d'après, il déposa le manteau de Madeline sur ses épaules.

— J'espère que vous n'avez pas attendu trop longtemps.

— Je ne vous attendais pas, rétorqua-t-elle.

— Je vous avais donné ma parole.

Il enfila ses gants et son chapeau. Avait-il envoyé un valet de pied courir les chercher pour les récupérer si vite ?

— Et vous de même.

Madeline fit la moue.

— J'ai donné ma parole que je vous autoriserais à me raccompagner chez moi. Je n'ai jamais promis de vous attendre si vous étiez trop occupé au moment où je souhaitais partir.

— Si vous essayez de vous soustraire à votre promesse, vous perdez votre temps, répliqua-t-il en lui offrant son bras. Je suis quelqu'un d'obstiné.

— Ce n'est pas toujours une admirable qualité.

— Non, c'est même souvent le contraire, reconnut-il en la conduisant jusqu'à un équipage qui patientait. Mais je ne pouvais vous laisser repartir sans recueillir votre avis sur mes talents de danseur. Où allons-nous ?

Elle hésita, mais n'avait aucun moyen d'esquiver la question.

— Brunswick Square, au numéro huit.

Il transmit l'information au cocher et l'aida à s'installer en voiture. Madeline vit sa main menue disparaître au creux de la sienne. Elle s'efforça de se confiner à une petite portion du siège, mais Douglas Bennet semblait malgré tout remplir l'habitacle. Son bras frotta contre le sien lorsqu'il s'assit ; Dieu que ses épaules étaient larges ! Elle n'aurait jamais dû accepter tout cela. Le repousser au milieu d'une salle de bal bondée n'avait rien eu de difficile. Mais dans cet espace étriqué elle n'avait aucun moyen de se soustraire à son parfum, ni à la délicieuse chaleur de son corps près du sien, ni à son regard étincelant fixé sur elle tandis que le véhicule bondissait vers l'avant.

— Êtes-vous impressionnée ?

Madeline cligna des yeux. Avait-il si aisément lu dans ses pensées ?

— J'ai dansé six fois, reprit-il, cela devrait vous donner matière à évaluer mes compétences.

Il ajouta avec un air effronté :

— Je puis à peine respirer dans l'attente de votre verdict.

Madeline inspira fiévreusement.

— Vous êtes en effet un danseur accompli, répondit-elle d'une voix rauque.

Il opina du chef avec satisfaction.

— Nous sommes donc en accord. Vous ne pouvez que regretter d'avoir refusé mon invitation, à présent !

Madeline rit doucement.

— Certes.

— Mais alors, puisque vous jouissez de vos deux jambes et admettez volontiers n'avoir jamais vu danseur plus accompli que moi, pourquoi vous reclure dans un coin de la salle de bal et décliner chacune de mes offres ?

— Vous avez une haute opinion de vous-même, monsieur, murmura-t-elle.

— Vous trouvez ?

Il se tourna légèrement vers elle pour la regarder droit dans les yeux.

— Pourtant… j'ai remarqué votre expression quand je valsais avec Lady Farnham. Je sais reconnaître un visage envieux.

— Lady Farnham portait une toilette ravissante, ce

soir, répliqua Madeline. Je crois que toutes les femmes présentes au bal la lui enviaient.

— Votre propre sens de la mode paraît fasciner la haute société.

— Et vous ne semblez pas être le genre d'homme qui se soucie des tendances.

Il haussa une épaule et Madeline dut lutter pour ne pas frissonner lorsque son bras effleura le sien.

— Je sais apprécier les efforts d'une femme pour soigner son apparence. Cependant, mon jugement ne s'attarde guère sur le type de dentelle qu'elle a choisi pour orner son col.

— Vous sous-estimez le pouvoir de la dentelle.

Mr Bennet rit.

— J'en doute fort. Même si…

Il effleura délicatement l'un des rubans émeraude du manteau de Madeline.

— Celle-ci rehausse divinement le vert de vos yeux.

Madeline se tourna vers lui. Il était intensément concentré sur elle et, même dans la pénombre de l'habitacle, la jeune femme se sentait terriblement exposée.

— Mes yeux sont bruns, non verts, parvint-elle à articuler d'une voix étranglée.

— Non, pas tout à fait, murmura-t-il.

Il se pencha vers elle, inclinant la tête pour mieux capter son regard… comme s'il s'apprêtait à l'embrasser. Madeline se figea. Une force étrange la retenait captive, l'empêchait de reculer ou même de s'offusquer suffisamment de ses manières pour le gifler.

— Ils sont bruns la plupart du temps mais, lorsque

vous souriez ou que vous riez, ils s'illuminent d'un éclat vert et doré. J'aime beaucoup ce chatoiement ambré.

— Je doute que vous puissiez le voir en cet instant.

À sa grande consternation, Madeline prit conscience que sa voix était affreusement enrouée.

Lentement, Mr Bennet secoua la tête.

— Je n'ai guère besoin de lumière pour cela. Vos prunelles ont hanté mes rêves, ces dernières nuits.

Et, sans lâcher son visage du regard, il ouvrit la porte de la voiture.

— Nous sommes arrivés.

Madeline ferma les yeux lorsqu'il descendit du véhicule. Elle ne s'était même pas rendu compte que l'équipage s'était arrêté. De toute évidence, elle ferait mieux de ne pas oublier l'avertissement de Liam et de garder ses distances avec cet homme. Il l'aida à mettre pied à terre, l'escorta jusqu'à sa porte et attendit qu'elle tire sa clé.

— Merci de m'avoir raccompagnée, monsieur.

Il était hors de question de le laisser croire qu'il pourrait obtenir une invitation à entrer. Mais alors qu'elle se préparait à repousser l'assaut Mr Bennet toucha le bord de son chapeau en s'inclinant et recula de plusieurs pas.

— Ce fut un plaisir, Mrs Wilde.

Et sans rien ajouter il regagna son équipage. Madeline déverrouilla sa serrure et se glissa à l'intérieur de chez elle. Tandis qu'elle refermait la porte derrière elle, elle l'aperçut une dernière fois, les épaules droites et le regard alerte, toujours concentré sur elle avec une intensité qui la déboussolait.

Oh ! Seigneur. Mais qu'ai-je fait ?

Chapitre 6

Spence vint à sa rencontre le lendemain matin au salon de boxe. Douglas l'aperçut au fond de la pièce ; il était appuyé sur sa canne et lui souriait avec sa suffisance coutumière. Mais puisque Douglas se trouvait actuellement sur le ring, à affronter un adversaire, il préféra ignorer Spence. Il n'y avait aucune compétition en cours et pas le moindre match prévu dans la journée, il n'y avait donc rien sur quoi venir parier. Avec un peu de chance, Spence se lasserait et quitterait l'établissement et Douglas n'aurait pas à endurer sa présence avant le jour suivant. Cette pensée lui fit comprendre qu'il avait inconsciemment évité son camarade, trop occupé à trouver un moyen de revoir Madeline Wilde et de gagner ses faveurs… hélas, cette simple idée suffit si bien à le distraire qu'il reçut un puissant uppercut à l'estomac.

Son partenaire d'entraînement, Sir Philip Albright, s'interrompit dès qu'il le vit se plier en deux.

— Seigneur, Bennet, vous ai-je blessé ?

Douglas secoua la main avant de tituber jusqu'à la corde du ring, sur laquelle il prit appui afin de retrouver son souffle. Le sourire de Spence était presque narquois à présent…

Le fumier !

— Je vais bien. C'est ma faute. Recommençons, voulez-vous ?

Cette fois, il se plongea dans son combat et concentra toute son attention sur la tâche en cours, à savoir battre Albright pour lui avoir asséné un coup qui lui ferait un mal de chien ces prochains jours. Cela fait, il fuit vers le vestiaire, parfaitement conscient qu'un dandy comme Spence ne l'y suivrait jamais. Il prit son temps pour se laver et s'habiller, préférant ne pas s'attarder sur la raison qui le poussait à éviter l'homme en question. Après tout, il ne devait rien à Spence et n'avait rien à craindre de lui. En vérité, il était même bien mieux informé qu'auparavant, ce qui devrait lui conférer un avantage lors de cette nouvelle confrontation.

Douglas fronça les sourcils tandis qu'il nouait sa cravate devant un miroir. Il n'éprouvait plus aucune amitié envers Spence. Il se demandait même parfois si ce sentiment de camaraderie avait jamais existé entre eux. Spence était toujours heureux de prêter un peu d'argent et ne refusait jamais de passer une nuit dans des maisons closes ou autres tripots. Mais Douglas savait de quoi Spence tenait tant à lui parler et il n'était guère d'humeur. La vérité, c'était qu'il commençait à apprécier Mrs Wilde. Et, si elle était bel et bien Lady Constance, il comptait le découvrir… mais pour lui-même et non pour une stupide prime.

Jurant une dernière fois entre ses dents, il saisit sa veste et traversa le salon, droit à la rencontre de Spence.

— Un petit combat ?

Il espérait que l'homme accepterait. Un bon entraînement à la boxe était profondément revigorant et l'idée de pouvoir asséner quelques coups bien sentis à ce voyou de bas étage n'était pas pour lui déplaire.

Mais Spence, élégant et gracile, fronça le nez.

— Sûrement pas. Mon talent réside dans le choix des boxeurs victorieux, non dans la boxe en elle-même.

— Dans ce cas, ce n'est guère l'endroit idéal où vous distraire aujourd'hui… aucun match n'est prévu.

Mais l'autre homme lui répondit d'un rictus.

— Comment progressent vos recherches, pour notre petit pari ?

Douglas enfila sa veste et récupéra son chapeau des mains d'un jeune domestique qui courut le lui apporter.

— Celui d'Ascot ? Vous pourrez prendre la pouliche de Grafton après sa performance à la course des Oaks. Je ne parierais pas deux shillings sur elle.

— Je ne traitais pas de notre pari hippique, répondit Spence sans se départir de son sourire. Mais du pari Wilde.

Douglas mit ses gants et se dirigea vers la sortie.

— J'ai pu me procurer un exemplaire de la série dont vous m'avez parlé. Ne trouvez-vous pas étrange que Chesterton tienne à convaincre tout le monde qu'il n'est *pas* l'homme mentionné, ce… Lord Masterly ?

— Je me moque bien de ses raisons, tout ce qui m'intéresse, c'est son argent.

Spence avait parfois des allures de fouine, songea Douglas.

— Je me doute. Mais que ferez-vous s'il refuse de payer ?

La dame fait son éloge de façon fort intime. Le récit est, en vérité, éminemment flatteur quant à ses prouesses, à sa… personne et même à sa générosité, ce qui est loin de refléter l'opinion générale sur le vieux Chesterton. C'est un cuistre emphatique que personne ne soupçonnerait d'être un bon amant au premier coup d'œil.

Spence fronça les sourcils.

— Si vous voulez mon avis, ajouta Douglas, je pense qu'il n'a offert cette prime que pour attirer l'attention sur la publication et faire parler de ses… talents inattendus. Se serait-il disputé avec sa maîtresse ?

Son argument parut convaincre son interlocuteur. Spence ne répondit rien, mais une soudaine inquiétude plissa son front. Quelle réussite ! Il était assez rare pour Douglas d'éprouver le plaisir que l'on ressent à se montrer plus rusé qu'un autre, sa sœur et son meilleur ami excellant dans l'art d'avoir le dernier mot… aussi s'autorisa-t-il un certain élan de fierté.

Hélas, celui-ci fut de courte durée. Spence inspira profondément, puis retrouva son sourire, plus froid et plus calculateur que jamais.

— Peut-être. Mais comme je l'ai dit je me moque de ses raisons. Tout ce qui m'importe, c'est qu'il ait annoncé publiquement cette offre. Il n'aura donc d'autre choix que de payer si vous parvenez à démasquer Mrs Wilde.

— *Si* c'est bien elle l'autrice, lui rappela Douglas. Ce qui ne demeure qu'une hypothèse.

— Nous sommes d'accord pour partager la prime, dans le cas où *vous* pourriez prouver sa culpabilité en premier, répondit Spence.

L'homme semblait avoir retrouvé tout son enjouement à présent et ses dernières paroles achevèrent de dissiper celui de Douglas.

— Pensiez-vous vraiment que je n'aurais qu'un seul cheval dans cette course, Bennet ? Un parieur malin sait optimiser ses chances. Bonne journée.

Et, avec un large sourire, il toucha le bord de son chapeau et s'éloigna.

Chapitre 7

Madeline passa une nouvelle nuit agitée, hantée par le souvenir de Douglas Bennet déclarant qu'il rêvait d'elle, et dormit jusque tard ce matin-là. Mais cela ne l'aida guère, car elle se réveilla toujours aussi frustrée.

Maudit soit cet homme ! songea-t-elle tandis que Constance brossait ses cheveux.

Il semblait déterminé à la tourmenter. L'espace d'un instant, elle souhaita presque qu'il se montre vulgaire ou impudent, ou même qu'il ait l'audace de lui demander de partager sa couche. Elle n'aurait alors qu'à refuser avec indignation, le regarder se draper dans sa dignité et partir d'un pas furieux. Ses manières enjôleuses n'étaient guère à son goût, pas plus que ses conversations sérieuses, quand il prétendait voir des éclats dorés dans ses iris. C'était un séducteur et, en dépit de ce qu'elle lui avait déclaré, les séducteurs ne valaient guère mieux que les débauchés, à ses yeux. Le fait qu'il semble se réjouir d'être rangé dans cette catégorie d'hommes ne faisait que nuire davantage à son image. Si seulement il ne s'était pas montré aussi charmant, Madeline l'aurait banni de son existence sans la moindre hésitation.

Elle sursauta lorsque Mr Nash sauta sur ses genoux.

— Je vous croyais parti, dit-elle au chat en lui caressant le dos.

L'animal ronronna et tourna sur lui-même jusqu'à trouver une position confortable, enfouissant les pattes dans sa robe de chambre. Madeline leva les yeux au ciel, mais le câlina néanmoins.

— Il a refusé de sortir ce matin, madame.

Constance passa une nouvelle fois la brosse dans sa chevelure.

— Souhaitez-vous les garder détachés ou comptez-vous vous promener, aujourd'hui ?

Madeline jeta un regard à la pendule. Il était presque midi. Dehors, le soleil étincelait et une brise tiède s'engouffrait par la fenêtre ouverte. L'article qu'elle avait écrit la veille au soir avait besoin d'une bonne relecture, mais au lieu de rester enfermée à trouver les meilleures formulations elle se dit qu'un bol d'air frais l'aiderait à s'éclaircir les idées.

— Je vais sortir.

Elle revêtit donc sa tenue de marche préférée. Ce ne fut que lorsque Constance ferma les derniers boutons qu'elle nota que le tissu donnait effectivement l'impression que Madeline avait les yeux verts. Elle se pencha vers son miroir, plissa les paupières, puis se redressa en reniflant. Peut-être y avait-il bel et bien des mouchetures de jade dans ses iris. Madeline s'étonna de ne les avoir jamais remarquées auparavant. Et elle s'étonna plus encore que *lui* les ait observées.

Mr Nash dévala l'escalier devant elle lorsqu'elle se

décida enfin à descendre et se faufila entre ses jambes pendant qu'elle enfilait ses gants. Constance chassa le matou envahissant et apporta un châle à sa maîtresse.

— Je serai de retour dans quelques heures, annonça Madeline en nouant son bonnet. Demandez à Mrs Robbins de nous préparer un dîner léger, ce soir.

Mrs Robbins était la femme qui venait de temps à autre pour cuisiner. Madeline sortait si souvent pendant la saison qu'elle n'avait guère besoin d'un chef à domicile.

Constance opina.

— Bien, madame.

— Et assurez-vous que Mr Nash ne se sert pas dans les plats. La soupe de homard n'est pas recommandée pour les chats.

Madeline tendit un index de réprimande vers le félin, qui riposta en frottant férocement la tête contre ses chaussures en ronronnant. La jeune femme ne put retenir un sourire.

— Vous êtes un séducteur impénitent, Mr Nash !

Le matou se laissa choir sur le dos, lui offrant son ventre pelucheux, et Madeline baissa les armes. Elle le prit dans ses bras comme un bébé et l'animal colla le front contre son menton. Madeline poussa un long soupir.

— Je n'arrive pas à croire que vous parveniez à m'attendrir si facilement.

— Comme tous les hommes, il sait comment se montrer séduisant et faire fondre le cœur des dames pour échapper à sa sentence, dit Constance avec amusement.

À l'image de Madeline, la femme de chambre aimait beaucoup le félin. D'ailleurs, c'était probablement par la faute de Constance que Mr Nash se comportait comme un enfant gâté.

Madeline rit et reposa l'animal par terre.

— Comme vous avez raison ! Mais pas de soupe de homard pour lui.

— Je ferai de mon mieux, madame.

Constance adressa un sourire complice au matou lorsque celui-ci reporta son attention sur elle et tenta d'attraper un fil qui dépassait de l'ourlet de son jupon.

— Volage créature ! Déjà distraite par la jupe d'une autre femme ! gloussa Madeline en ouvrant la porte tandis que Mr Nash bondissait une nouvelle fois pour saisir le fil.

Fascinée par les cabrioles du chat, la jeune femme ne remarqua pas immédiatement que quelqu'un se tenait au bas des marches. La haute silhouette lui tira un sursaut.

— Mr Bennet ! s'exclama Madeline.

Le gentilhomme s'inclina.

— Mrs Wilde.

Jusque-là, elle ne l'avait contemplé que dans des salles de bal éclairées aux chandelles et, la nuit dernière, à la lueur de la lune. Mais dans la radieuse clarté du jour Mr Bennet était tout bonnement éblouissant. Il ôta son chapeau pour la saluer, dévoilant sa magnifique chevelure auburn, plus resplendissante que de l'acajou poli. Jamais ses épaules n'avaient paru aussi larges, ni sa prestance aussi athlétique. Lorsqu'il sourit, une étincelle embrasa son regard. L'espace d'une seconde, Madeline en demeura bouche bée. L'homme en profita pour poser un pied botté sur la première marche et se pencher légèrement en avant.

— Je m'apprêtais justement à frapper, déclara-t-il. Et vous voilà devant moi, telle une réponse à ma prière.

La jeune femme dut avoir recours à tout son sang-froid pour se libérer de son soudain hébétement.

— Vous devriez tourner vos prières vers des sujets moins frivoles.

— Ne jamais remettre en question la relation d'un homme avec le Tout-Puissant, répliqua-t-il d'un ton amusé. Et je ne puis rien imaginer de moins frivole que vous voir.

— Si tel est le cas, vous n'avez pas dû beaucoup essayer.

— Certes, admit-il gaiement. Lorsque je commence à songer à vous, je reconnais entreprendre peu d'efforts pour rediriger le cours de mes pensées.

Il tendit le bras droit vers elle, qu'il avait jusque-là dissimulé derrière le dos. Dans son poing saillait un petit mais splendide bouquet de roses jaune pâle.

— Pour être franc, votre image hante mon esprit depuis si longtemps ce matin que je n'ai pu dépasser la boutique du fleuriste sans acquérir cette délicate composition à votre intention.

Madeline cligna des yeux, déstabilisée. Personne ne lui avait offert de fleurs depuis le décès d'Arthur. Aucun des séducteurs et des débauchés qui l'accostaient dans les salles de bal n'avait pris la peine de lui rendre visite.

— Merci, dit-elle. Elles sont ravissantes.

Madeline saisit le bouquet, mais le regretta aussitôt. Son geste impliquait qu'elle acceptait ses attentions, lesquelles n'étaient visiblement pas aussi éphémères que l'avait promis Liam.

— C'est très aimable à vous de les avoir apportées en personne.

Le sourire du gentilhomme s'élargit.

— N'est-ce pas ?

La réaction la plus polie aurait été de l'inviter à entrer, mais Madeline résista à la tentation. C'était une ligne qu'elle ne tenait pas à franchir, ni pour lui ni pour aucun homme.

— Je ne m'attendais pas à tant de sollicitude, reprit-elle en se tournant vers sa bonne. Constance, s'il vous plaît, mettez-les dans un vase.

La domestique l'observait depuis le hall avec un intérêt évident. À son expression, Madeline devina que Mr Bennet, ou du moins son physique avantageux, l'avait grandement impressionnée… Lorsque Madeline lui lança un regard réprobateur, Constance s'arracha à sa contemplation et saisit le bouquet de roses.

— Bien, madame.

À contrecœur, elle rentra dans la maison, manquant de trébucher sur Mr Nash au passage. Madeline reporta son attention sur son visiteur, qui n'avait pas bougé du perron et demeurait intolérablement séduisant.

— Je m'apprêtais à sortir, monsieur. Je vous prie de bien vouloir me pardonner de ne pouvoir rester ici à bavarder.

Elle referma ostensiblement la porte derrière elle, mais l'homme n'esquissa pas un geste.

— Ne dites pas de sottises. Il n'y a rien à pardonner ; vous ne pouviez deviner que j'allais vous rendre visite en cet instant, à moins que vous ne m'ayez guetté par la fenêtre.

Il s'interrompit, levant vers elle un regard optimiste.

— Mais ce serait sans doute trop espérer, n'est-ce pas ?

— En effet.

Mr Bennet acquiesça d'une mine sérieuse.

— Alors tout cela n'est qu'une heureuse coïncidence.

Madeline cligna des yeux. *Heureuse ?* Le sourire de Mr Bennet se changea en une moue plus sensuelle.

— Je puis à présent vous offrir mon escorte pour votre promenade.

Elle aurait dû le voir venir. Malheureusement, chaque fois qu'elle se retrouvait en sa présence, Madeline avait la désagréable impression de perdre tous ses moyens.

— Je... qui vous dit que j'ai l'intention de me promener ?

— Je n'aperçois aucun véhicule qui vous attend. Par ailleurs, c'est une splendide journée. Et, à présent que vous jouissez de l'escorte d'un gentilhomme séduisant et de charmante compagnie, vous ne sauriez vous refuser un tel plaisir.

— Sauf si je recherche la solitude, répondit-elle. Ou peut-être n'apprécierez-vous guère de parcourir la distance que je compte couvrir à pied.

Il haussa les sourcils.

— Comptez-vous marcher jusqu'à Hampstead Heath ?

Madeline secoua la tête et, du coin de l'œil, remarqua la présence d'un autre homme qui rôdait aux abords du square. Il n'était pas tourné directement vers eux, mais quelque chose dans sa posture donna à nouveau à Madeline la désagréable sensation d'être observée et suivie. Un frisson glacé lui courut le long de l'échine. Sans doute se faisait-elle des idées, et pourtant... peut-être serait-il plus prudent d'accepter les services de Mr Bennet, aussi aguichant soit-il.

— Non, Mr Bennet, mais j'ai l'intention de me rendre à Bond Street.

— C'est une longue promenade, en effet.

Il recula pour lui permettre de descendre la volée de marches.

— Par une journée si splendide ? plaisanta-t-elle sans lui adresser un regard. L'exercice me fera le plus grand bien.

Mr Bennet replaça son chapeau sur sa tête et lui emboîta le pas.

— Je ne refuse jamais une bonne activité physique non plus, déclara-t-il.

Madeline ne put résister à la tentation de l'observer du coin de l'œil. De toute évidence, il ne mentait pas sur ce point. Mr Bennet avait l'allure d'un sportif.

— Comme la marche ?

— Entre autres, répondit-il en riant.

Sa voix était chargée de sous-entendus et Madeline se maudit d'avoir posé une telle question.

— J'ai passé la matinée au salon de boxe et j'ai toujours trouvé qu'une marche rapide juste après une séance m'aidait à retrouver mon équilibre.

Une image de Mr Bennet nu jusqu'à la taille, le torse nappé de perles de sueur, fit irruption dans l'esprit de Madeline, qui s'efforça désespérément de modifier le cours de ses pensées.

— Et votre marche vous a mené jusque devant ma porte ? Votre équilibre devait être terriblement perturbé.

Il avançait à côté d'elle, mais ne lui proposa pas son

bras, ce dont la jeune femme lui fut reconnaissante. Cette proximité physique était déjà bien assez difficile… le roulement de son rire dans sa gorge, sa force, sa masculinité, tout la mettait en émoi. Et Madeline n'avait pas oublié combien le simple fait de partager un équipage avec lui l'avait ébranlée. Elle ne pouvait se résoudre à s'appuyer sur son bras, à sentir la fermeté de ses muscles sous le tissu…

— Je crois bien n'avoir jamais été aussi déstabilisé, Mrs Wilde.

Madeline tourna aussitôt la tête vers lui. Il avait répondu d'un ton léger, mais quelque chose dans ses paroles semblait suggérer qu'il ne parlait pas seulement de boxe.

— Peut-être auriez-vous la bonté de m'accorder votre bras, au cas où je chancellerais ? ajouta-t-il.

— Peut-être feriez-vous mieux d'appeler un fiacre ? rétorqua-t-elle. Vous ne devriez pas mettre votre santé en péril, monsieur.

— Tss, siffla-t-il d'un ton doux et empreint de regret. Hélas ! Je crains n'avoir aperçu aucune voiture à louer sur le chemin.

— Je ne doute pas que nous finirons par en croiser une, d'ici à quelques rues.

— Je prends le pari, approuva-t-il aussitôt. Si nous n'apercevons aucun fiacre avant d'avoir atteint Bloomsbury Square, vous devrez accepter mon bras.

Madeline ne pouvait imaginer parcourir une telle distance sans croiser le moindre coche, toutefois, elle courait un risque. Ils venaient de gagner Russell Square, un quartier tranquille. Si par malchance elle perdait ce pari, elle se trouverait contrainte de glisser la main sur le bras ferme et solide de Mr Bennet et de marcher beaucoup trop près de lui…

— Entendu.

Fort heureusement, moins de deux minutes plus tard, ils dépassèrent un coin de rue et Madeline aperçut un fiacre devant eux, qui s'arrêtait à un abreuvoir.

— Vous avez perdu, Mr Bennet, lança-t-elle non sans une note de soulagement. Il y a un fiacre juste là.

Le cocher ajustait le harnais de son cheval ; il ne faisait aucun doute qu'il attendait de potentiels passagers.

Mr Bennet parut déçu.

— Bien joué, Mrs Wilde.

Il rangea ses mains derrière son dos.

— Ces rues me sont familières, lui rappela-t-elle. Je les parcours souvent.

— Oui, je m'en doutais. Mais je me demande pourquoi.

Lorsque Madeline haussa un sourcil, il clarifia sa pensée.

— Cette partie de la capitale est tout à fait confortable, mais je doute qu'une femme seule soit en sécurité dans ces rues.

— Je ne suis pas seule.

— Non, répondit-il d'une voix grave, basse et intime. Pas aujourd'hui.

Madeline prit brusquement conscience que ses pas l'avaient rapprochée de lui et elle s'efforça de s'écarter à nouveau.

— Qu'attendez-vous de moi, Mr Bennet ?

Il inclina alors la tête et l'étudia avec attention, l'air songeur.

— Je vous apprécie, déclara-t-il au bout d'un moment. J'aimerais apprendre à mieux vous connaître.

— Pourquoi ?

— Vous êtes captivante.

— En aucun cas, rétorqua-t-elle aussitôt.

Les paroles de Liam résonnèrent dans son esprit ; peut-être n'aurait-elle pas dû décliner son aide aussi promptement. Douglas Bennet ne l'effrayait toujours pas, mais il était venu la voir chez elle et Madeline savait que cela aurait dû la déranger… Et cela la dérangeait, se convainquit-elle.

— Vous l'êtes à mes yeux.

— Parce que je refuse de danser avec vous ?

— Eh bien, c'est un argument choquant en soi, acquiesça-t-il d'un ton badin. Surtout après avoir pu constater à quel point je suis accompli dans cette discipline !

— J'ai également constaté que vous étiez un séducteur.

— Nul n'est parfait, contra-t-il avec un clin d'œil taquin. Mais comment pouvez-vous prétendre savoir ce qui me captive chez vous ? Vous ne me connaissez pas non plus, à l'exception d'une poignée de on-dit.

Madeline sourit. Lors de leur première rencontre, son intention avait été de le scandaliser suffisamment pour qu'il la laisse en paix. Mais à présent c'était lui qui ne cessait de la surprendre.

— Ah oui ? Dites-moi, sur quelle partie de votre description me suis-je fourvoyée ? Avez-vous perdu la fortune familiale ? Ou peut-être votre préférence pour les danseuses d'opéra a-t-elle évolué vers un autre style de femmes volages ?

— La fortune familiale est intacte, répondit-il. Et vous dressez un affreux portrait des danseuses d'opéra. Elles prennent leur art très au sérieux et leur contribution à la qualité du spectacle est inestimable. Je ne puis vous croire suffisamment cruelle pour dénigrer des jeunes femmes qui tentent de vivre de leur talent ?

Sa réplique fit mouche, car elle faisait écho à la situation de Madeline, même si cette dernière ne pouvait le laisser le deviner.

— Bien sûr que non ! s'exclama-t-elle avec une indignation exagérée. « Ne jugez point, afin que vous ne soyez point jugés. » J'adhère fermement à cette maxime.

— Vraiment ?

Il haussa un sourcil sceptique avant d'ajouter :

— Y adhérez-vous tous les jours ?

— Me suis-je montrée injuste envers vous ? Ai-je dit quelque chose qui n'était pas véridique ?

— Vous avez déclaré que je plaignais mon ami d'avoir épousé ma sœur, mais c'est faux.

Il s'interrompit avant de reprendre :

— Leur alliance m'a éminemment surpris, certes, mais je leur souhaite à tous deux le plus grand bonheur conjugal.

Madeline lui lança un regard en coin, mais l'expression de Mr Bennet n'avait rien de sarcastique. Son visage était ouvert et généreux. Elle se sentit soudain coupable de l'avoir si vulgairement congédié par le passé.

— Et le reste ?

— Oh ! le reste est rigoureusement exact, s'empressa-t-il de confirmer. Je suis sans l'ombre d'un doute un danseur extraordinaire et un gentilhomme séduisant et plein de charme, qui aime parier de temps à autre.

Cette fois-ci, Madeline rit franchement. C'était un autre point en sa faveur ; il savait provoquer son hilarité, quand bien même elle aurait dû le repousser et lui signifier clairement de ne plus jamais l'approcher.

— Dites-moi, poursuivit-il soudain en abandonnant son ton faussement séducteur. Cette longue marche a dû vous donner faim. Puis-je vous offrir une glace chez Gunter ?

— Je n'ai pas faim, répondit-elle.

— Comment est-ce possible ? s'étonna Mr Bennet avec exagération. Tout cet exercice m'a creusé l'appétit !

Madeline savait qu'il plaisantait. Loin de paraître affaibli, son compagnon n'avait aucun mal à suivre son allure, pourtant vive. C'était pratiquement l'inverse ! La jeune femme commençait à avoir chaud et à haleter, quand le gentilhomme n'avait même pas le teint rougi.

— Je comprendrais que vous teniez à faire halte dans une taverne pour raviver vos forces déclinantes.

Ils venaient d'atteindre Oxford Street, et sa circulation dense et ininterrompue. Mr Bennet tourna vers elle un sourire dangereux.

— Mes forces ne déclinent pas le moins du monde. Votre simple présence suffit à me revigorer. D'ailleurs, je pourrais vous le montrer. Je serais même très, très heureux de le faire.

— Contrairement à vous, monsieur, la parole d'autrui me satisfait. Si vous dites ne pas être fatigué, je vous crois.

C'était une excellente répartie, se dit-elle, ou cela

l'aurait été si elle était parvenue à la prononcer d'une voix froide et composée, au lieu du murmure rauque et haletant qui venait de franchir ses lèvres. À en juger par la façon dont le regard de Mr Bennet s'embrasa et par le sourire ardent qu'il lui adressa, son interlocuteur s'était fié davantage à son ton qu'à ses paroles.

— J'aimerais beaucoup que vous me croyiez sur parole, souffla-t-il. Je ne vous ai jamais menti et ne le ferai jamais.

— Jamais ?

Là encore, Madeline avait eu l'intention de répondre avec scepticisme, mais le mot lui avait échappé, glissant sur une intonation pleine d'espoir et de fascination.

Une fois de plus, cela le fit réagir : son sourire s'évanouit et il prit sa main.

— Jamais, promit-il.

Une lourde charrette passa dans un terrible grondement, à une telle vitesse que la queue du cheval, qui se balançait de droite et de gauche, fouetta la jupe de Madeline. En un clin d'œil, Mr Bennet fit pivoter la jeune femme, la soulevant pratiquement de terre pour se placer entre elle et les véhicules qui roulaient à toute allure. Madeline s'agrippa à lui pour retrouver son équilibre, trop surprise pour parler. Personne n'avait fait cela pour elle depuis le décès d'Arthur. Elle avait pris l'habitude de se débrouiller seule et de tenir le reste du monde, en particulier les gentilshommes, à bonne distance. Tous y avaient consenti, sauf celui-ci, qui semblait refuser de rentrer dans le rang… et que Madeline oubliait de repousser.

— Pardonnez-moi, s'excusa aussitôt Mr Bennet. Vous allez bien ?

Ce ne fut qu'alors que Madeline s'aperçut qu'il avait entouré sa taille de son bras et posé la main sur son épaule. Étant donné la façon dont elle continuait de s'accrocher au col de son manteau, ils étaient pratiquement enlacés, en évidence sur Oxford Street, au beau milieu de la journée. Pourtant, au lieu de ressentir un profond malaise à l'idée de s'afficher ainsi en public ou une terrible consternation face à sa propre désastreuse attitude, Madeline n'éprouvait qu'une dévorante pulsion de désir. Cela non plus ne lui était plus arrivé depuis le décès d'Arthur.

— Oui, répondit-elle simplement. Je vais très bien.

Il ne la libéra pas. Elle ne se dégagea pas non plus.

— La façon dont les gens conduisent dans Londres est une véritable honte, maugréa-t-il avec colère.

— Oui.

Madeline sentait son cœur tambouriner dans sa poitrine. Elle dut mobiliser toute sa volonté pour se contraindre à relâcher le manteau de Mr Bennet.

— Merci.

Pendant une seconde, il se contenta de la fixer du regard, comme si elle venait de le prendre en faute ; les prunelles du gentilhomme étaient claires et quelque peu surprises. Il entrouvrit la bouche, puis laissa retomber les mains et recula d'un pas.

— À présent, j'insiste pour vous offrir une glace. C'est le moins que je puisse faire pour m'excuser de vous avoir bousculée de la sorte.

Madeline se sentit rougir jusqu'à la racine des cheveux et baissa les yeux. Son regard tomba sur les bottes de Mr Bennet, désormais largement tachées de boue. Elle cligna des paupières et examina son propre jupon, y découvrant sans surprise les mêmes salissures. Lorsqu'elle releva la tête, Mr Bennet l'avait aussi remarqué.

— Ma sœur serait profondément attristée si sa toilette favorite se retrouvait ainsi maculée, dit-il d'une voix peinée. J'aurais dû faire plus attention aux fieffés imbéciles qui prennent Oxford Street pour Ascot ! C'est entièrement ma faute, je vous ai fait marcher trop près de la route.

— Vos bottes sont bien plus sales, objecta-t-elle.

Il haussa les épaules.

— Le cuir est plus facile à laver que le textile.

— Comment saviez-vous que je portais ma robe favorite ?

Le regard de Mr Bennet glissa le long de la silhouette de Madeline, puis remonta jusqu'à affronter les yeux de la jeune femme.

— Comment pourrait-elle ne pas l'être ? Elle fait scintiller vos prunelles.

Mais Madeline avait le terrible sentiment que la présence de cet homme en était à l'origine, bien plus que sa tenue.

— Ce n'est qu'une robe, murmura-t-elle.

Il lui offrit à nouveau son bras.

— Et ce ne sont que des bottes.

Des bottes en cuir du meilleur aloi, sans doute très chères. C'était un petit acte de chevalerie, le genre de courtoisie que de nombreux gentilshommes observaient avec les dames. Mais la vérité était que seul Douglas Bennet l'avait fait pour elle ; lui seul avait persisté en dépit de ses froides rebuffades. Lui seul parvenait à transpercer ses défenses de son charme, au point qu'elle en vienne à admettre, en elle-même sinon devant lui, qu'elle appréciait sa compagnie. Elle aimait sentir une nuée de papillons voleter dans sa poitrine chaque fois qu'il apparaissait. Elle adorait la façon dont il réussissait à la faire rire malgré ses résolutions de ne pas céder… elle était heureuse de rire à nouveau. Cela faisait si longtemps qu'elle n'avait pas éprouvé une telle gaieté. La simple présence de ce gentilhomme lui donnait la sensation d'être plus légère.

Cette fois, elle accepta son bras sans la moindre objection. Cette fois, elle laissa ses pas la rapprocher de lui jusqu'à ce que le coude de son compagnon effleure sa hanche. Jusqu'à ce que la vibrante fragrance de son savon lui emplisse les narines. Cette fois…

Cette fois, elle s'autorisa à espérer qu'il était sincère lorsqu'il prétendait vouloir apprendre à mieux la connaître.

Chapitre 8

Pour une fois, les mots manquaient à Douglas.

Le geste lui avait semblé si ordinaire… Après tout, il n'avait fait qu'écarter Madeline Wilde de la route pour éviter que la charrette ne l'éclabousse de boue. Son père en aurait fait autant pour sa mère, de même que Burke pour Joan. Ce n'était qu'une simple courtoisie, le devoir galant de tout gentilhomme.

Mais à cause de ce geste ordinaire il savait à présent ce qu'il ressentait en tenant cette femme au creux de ses bras. Il avait découvert combien elle était belle lorsqu'elle ne tentait pas de le fuir par tous les moyens. Pendant cet éphémère instant, elle s'était réfugiée dans son étreinte, l'avait laissé la serrer contre son torse, et Douglas en avait éprouvé un immense… émerveillement.

Si seulement il avait su ce que tout cela pouvait bien signifier et comment il était censé réagir… Badiner avec cette ravissante femme était exaltant en soi, mais il se surprenait à souhaiter davantage. Malheureusement, c'était un domaine dans lequel il manquait cruellement d'expertise. Séduire et charmer, tels étaient ses principaux talents, mais comment encourageait-on une relation plus sérieuse, et surtout plus durable ? Il n'était même pas certain de savoir ce qu'il désirait réellement. Plus qu'une soirée, certes, et plus qu'une simple nuit de passion, mais sûrement pas quelque chose… d'irrévocable ?

Il n'était rien de plus irrévocable que le mariage et Douglas n'était guère prêt à s'engager. Pourrait-il seulement s'y résoudre un jour ? Il aimait les serveuses et les danseuses d'opéra, des femmes qui ne s'attendraient jamais à ce qu'un homme de son rang demande leur main. Il jeta un coup d'œil en coin à Mrs Wilde. Aucune serveuse ne lui arrivait à la cheville.

Madeline, avec sa voix cristalline empreinte d'un très léger accent, son sourire plein de mystère et ses boucles dorées qu'il mourait d'envie de voir cascader sur ses épaules nues. C'était une veuve, se rappela-t-il, une femme indépendante. Sans doute ne souhaitait-elle rien d'irrévocable, elle non plus. Par Dieu, elle n'avait même pas encore consenti à danser avec lui ! Mais elle avait parfaitement conscience de lui inspirer du désir et Douglas n'était pas assez modeste pour ne pas avoir remarqué qu'elle le trouvait séduisant. Ils finiraient par passer une nuit ensemble, ce n'était qu'une question de temps et de persévérance dans ses attentions. Jamais il ne s'était senti aussi déterminé à plaire à une femme. Et quand il aurait réussi, quand enfin elle rechercherait sa compagnie avec autant d'allant que lui la sienne, alors il lui montrerait qu'il pouvait être un homme profondément prévenant et dévoué. Il lui faudrait des années avant de pouvoir assouvir tous les fantasmes qu'elle lui inspirait, et lorsqu'il la tiendrait contre lui, sulfureuse et impatiente, il ferait en sorte qu'elle ne souhaite plus jamais repartir.

Une minute ! Douglas tira brusquement sur la bride de ses pensées, alarmé. Si elle ne souhaitait plus jamais repartir et que lui refuse de la voir s'en aller, cela ne rendait-il pas leur situation… permanente ? Et il n'y avait qu'un pas à franchir pour qu'une situation permanente devienne irrévocable.

Seigneur Dieu, était-ce ce qui était arrivé à Burke ? Il n'y avait pas si longtemps, Burke considérait encore Joan comme la pire furie de Londres… ou du moins l'avait-il prétendu. Son ami avait affirmé qu'elle n'attirait que les ennuis et avait juré de l'éviter à tout prix. Douglas s'était senti coupable de lui demander de veiller sur sa sœur pendant que ses parents et lui étaient contraints de quitter Londres. Et pourtant… un mois plus tard, Joan et Burke étaient mariés. Douglas avait aussitôt songé qu'une histoire honteuse avait dû exiger cette alliance, même si Burke n'avait jamais craint les commérages ou les scandales. Il les avait toujours balayés d'un revers de la main et n'avait certainement jamais envisagé de se marier pour résoudre le problème. De tous les amis de Douglas, Burke était le plus insolent, le plus irrévérencieux, le plus désinvolte et le plus opposé au mariage… pourtant, personne ne l'avait forcé à entrer dans cette église en lui pointant une épée sur le torse. À son arrivée, Douglas avait trouvé Burke en train de faire les cent pas dans l'allée centrale, comme s'il ne pouvait attendre que la cérémonie commence. Et après sa visite à Hanover Square, l'autre jour, Douglas était certain que son ami était profondément satisfait de sa situation. Et, si un fauteur de troubles tel que Burke avait pu se laisser attirer et piéger dans les chaînes matrimoniales, alors nul homme n'était à l'abri.

Pas même lui.

Il jeta un nouveau coup d'œil à Mrs Wilde. Le repoussait-elle parce qu'elle désirait se remarier ? Nombreux étaient ceux à murmurer dans le dos de la jolie veuve, en particulier sur la façon qu'elle avait de se rendre inaccessible. D'après Joan, l'unique scandale attaché à son nom était une vague histoire d'infidélité entre ses parents. Spence l'avait appelée « la fille de la courtisane », pourtant Mrs Wilde avait fermement résisté à tous ses efforts pour la charmer. Il lui avait fallu insister pendant plus d'une semaine pour qu'elle consente à marcher à son bras.

Mrs Wilde lui désigna une boutique qu'elle avait l'intention de visiter. Douglas lui tint la porte, puis demeura en retrait en faisant mine d'examiner une vitrine chargée de plumes. Mais la papeterie était très étriquée. Il ne put s'empêcher de l'entendre commander une énorme quantité de papier et de bouteilles d'encre, qu'elle souhaitait faire livrer chez elle. À la façon dont le boutiquier répondit, Douglas comprit que ce n'était pas une requête inhabituelle de la part de Mrs Wilde.

Cela lui rappela le stupide pari de Spence. Pourquoi avait-elle besoin d'autant de papier ? Même la mère de Douglas, qui ne semblait jamais manquer d'amies avec lesquelles échanger les derniers potins à travers toute l'Angleterre, ne rédigeait pas assez de lettres pour en commander autant. D'ailleurs, Mrs Wilde n'avait pas choisi le papier fin privilégié pour la correspondance, mais des feuilles plus grossières. Le genre de matériau que l'on n'avait aucun scrupule à jeter dans la cheminée en cas de rature ou de bavure.

— Vous écrivez vos mémoires ? lança Douglas d'un ton léger lorsqu'ils quittèrent la boutique.

Les yeux sombres de la jeune femme étincelèrent dans sa direction.

— Vous ne semblez pas homme à apprécier ce genre d'ouvrages.

Douglas s'esclaffa.

— Je le reconnais volontiers. La lecture n'a jamais été mon passe-temps favori.

Elle sourit.

— Oh ! mais vous avez manqué tout un univers ! Les romans, en particulier, sont une merveilleuse façon de rendre l'Histoire plus personnelle, plus authentique. Ils sont également un formidable véhicule pour la science et la philosophie, qui deviennent alors plus accessibles. Rien de comparable avec les ouvrages que nous imposeraient un précepteur ou un professeur.

— Je ne tenais pas à prendre de risque, je me suis donc arrangé pour tous les éviter.

Il inclina la tête pour mieux observer la jeune femme. Cette fois-ci, elle avait accepté son bras sans protester et Douglas aimait la sentir à ses côtés, si proche. S'il parvenait à la faire rire, il considérerait toute cette journée comme une victoire !

— Dois-je en déduire que vous écrivez un roman ?

Un sourire en coin étira les lèvres de Mrs Wilde,

comme s'il venait de prononcer une plaisanterie qu'elle seule pouvait comprendre.

— Non.

Maudit soit Spence ! Sans cette prime, Douglas n'aurait même pas cillé si elle avait commandé suffisamment de papier pour imprimer la *London Gazette* pendant un an. Mais d'un autre côté, si Spence ne l'y avait pas poussé, Douglas n'aurait peut-être jamais fait tant d'efforts pour apprendre à la connaître. Il préféra réserver son jugement et attendre d'en savoir plus.

— De la poésie ? essaya-t-il à nouveau. Ou une pièce de théâtre ?

— Ni l'une ni l'autre.

— Vous dissimulez une presse d'imprimerie dans votre boudoir ? insista-t-il en riant.

Elle se tourna brusquement vers lui.

— Pardon ?

— Vous avez acheté suffisamment de papier pour imprimer votre propre journal hebdomadaire.

Elle cligna des yeux, puis ricana à son tour. Les doigts de la jeune femme tressaillirent sur son bras.

— Ne soyez pas ridicule !

Le sourire de Douglas s'évanouit lorsqu'il prit conscience que la réaction de Mrs Wilde était trop affectée. Qu'est-ce que tout cela signifiait ? Elle n'imprimait tout de même pas *50 façons de pécher* elle-même ! Et pourtant… cela aurait expliqué pourquoi nul n'était parvenu à remonter jusqu'à l'imprimeur de l'opuscule.

Une ombre vint obscurcir l'idyllique tableau de Douglas. Jusqu'à présent, il n'avait guère conscience de combien il espérait que toute cette histoire ne mènerait à rien. Si Mrs Wilde était bien Lady Constance et que Douglas aide Spence à la démasquer, plus jamais elle ne prendrait son bras ou n'accepterait qu'il l'escorte. Quant à toutes les autres choses qu'il rêvait de faire avec elle…

— C'est sans doute plus de papier que je n'en ai utilisé de toute ma vie, reprit-il en dépit de son dilemme intérieur.

Il n'était plus du tout sûr de vouloir connaître la vérité, mais une part de lui y aspirait, désespérément. Les récits de Lady Constance avaient quelque chose d'hypnotisant, en plus d'être érotiques et désinhibés. Le simple fait d'imaginer Madeline étendue sur une méridienne, nue et fiévreuse, l'emplit d'un désir tel qu'il frissonna.

L'autre part de Douglas, en revanche, commençait à ressentir une certaine possessivité envers la femme à son bras. Il souhaitait connaître tous ses secrets, oui, mais de quel droit Spence se les arrogeait-il ? Ce scélérat ne voulait que la prime. Il se moquait bien des conséquences pour la jeune femme. Contrairement à Douglas, qui se sentait bien plus concerné par son sort qu'il ne s'y était préparé.

— Pourtant, vous devez bien savoir écrire une lettre ? le taquina-t-elle, interrompant ses pensées de plus en plus tourmentées. À moins que vous n'ayez des difficultés à lire ?

— Les mots sur une page ne me posent guère de problèmes, répliqua Douglas. C'est votre cœur que je souhaiterais pouvoir lire.

Elle tourna vers lui un regard étonné ; elle s'était exprimée avec espièglerie et il lui avait répondu d'un ton presque mélancolique.

— Vous ignorez ce que vous demandez, murmura-t-elle.

Douglas grimaça un sourire.

— Mais j'aimerais le savoir.

Après quelques pas en silence, elle l'examina de nouveau avec curiosité.

— Pourquoi ? C'est bien plus que ce pour quoi vous avez parié.

De sa main, il couvrit les doigts de Madeline, toujours confortablement nichés dans le creux de son coude.

— Je ne suis pas ici pour un pari.

La jeune femme regarda devant elle. Pour la première fois de sa vie, Douglas regrettait de ne pas avoir une réputation plus sérieuse. Pourquoi n'était-il pas un homme plus futé, suffisamment pour remarquer Madeline par lui-même ? Depuis cette fameuse soirée, il n'avait cessé de songer à elle… pourtant son obsession n'avait rien à voir avec les soupçons de Spence ou la façon dont elle avait froissé son orgueil. Il n'avait jamais rencontré une femme comme elle. En vérité, il espérait l'hypothèse de Spence infondée. Loin de ne pas apprécier l'idée que Madeline puisse rédiger des fantaisies délicieusement érotiques (au contraire, il aspirait de tous ses vœux à ce que cela soit vrai), Douglas ne pouvait supporter que Spence l'humilie en public. Il doutait fortement qu'elle se contenterait de sourire et de passer l'éponge si ce forban piétinait sa réputation et la privait de son gagne-pain… avec l'aide de Douglas.

Par l'enfer. Par toutes les malédictions de l'enfer !

Il s'efforça de chasser ces sombres pensées en entraînant la jeune femme jusque chez Gunter. Ils s'assirent dans Berkeley Square, sous les érables, et commandèrent des glaces à la muscadine. Une fois qu'ils furent confortablement installés, Douglas tenta subtilement de la faire parler. C'était sa spécialité ; il savait comment charmer son auditoire. Mais il ne pouvait s'attendre à réaliser des miracles en une seule demi-heure et bientôt Mrs Wilde déclara qu'il était l'heure pour elle de rentrer. Douglas la raccompagna jusqu'à Brunswick Square, désemparé. Il commençait à craindre de manquer de temps.

— Pensez-vous sortir, ce soir ? lui demanda-t-il, jugeant qu'une question directe serait plus efficace qu'un millier de suggestions détournées.

— Vous espérez toujours me convaincre de danser ?

Il sourit de toutes ses dents.

— Absolument ! Mais j'espère surtout vous revoir.

— Si tôt ? Nous ne nous sommes même pas encore séparés.

Et je n'en éprouve nullement le désir, songea-t-il, se surprenant lui-même.

— Oui.

Sa réponse franche parut l'étonner, mais aussi lui faire plaisir. Douglas espérait de toute son âme ne pas la laisser indifférente, car la fascination qu'elle lui inspirait était à peine croyable. Tout chez elle l'obnubilait, de l'oscillation de ses hanches à son sourire énigmatique, en passant par l'éclat rutilant de ses prunelles chaque fois qu'elle riait. Il aurait été parfaitement cruel qu'elle ne ressente pas la moindre attirance pour lui. Et cela signifierait également qu'il avait perdu sa capacité à comprendre les femmes. Douglas avait toujours été infiniment sensible aux sentiments féminins et, en cet instant, son instinct lui assurait que Madeline le désirait, en plus de commencer à l'apprécier.

— Mr Bennet, contra-t-elle.

— Douglas, la corrigea-t-il. S'il vous plaît.

Elle tressaillit.

— Pourquoi ?

Il se pencha vers elle.

— Nous sommes amis à présent, non ?

— Amis ?

— Oui, amis, répéta-t-il fermement pour apaiser le doute dans sa voix. Des amis qui peuvent se promener ensemble, faire les boutiques ou même sortir à cheval.

— À cheval ?

Elle éclata d'un rire abasourdi avant d'ajouter :

— Je n'entretiens pas de monture, Mr Bennet !

— Un problème auquel je peux aisément remédier.

Il ressentit une fierté vertueuse pour ne pas avoir suggéré qu'il ferait pour elle un parfait étalon. *Des amis,* se morigéna-t-il intérieurement. *Pas des amants. Pas encore.*

— Demain matin ?

— C'est impossible.

— Le jour d'après, dans ce cas, riposta-t-il. Ou le suivant.

Ils venaient d'atteindre la demeure de Mrs Wilde. Cette dernière lâcha son bras, grimpa les deux marches du perron et se tourna vers lui.

— Sommes-nous réellement amis ?

— Je le crois, oui, assura-t-il avec un sourire plein d'espoir. Je souhaiterais que vous me considériez comme tel.

— Comme un ami et… rien de plus ?

Il monta une marche et se pencha légèrement vers elle.

— Vous savez que j'aimerais plus, répondit-il en affrontant directement son regard. Mais j'aimerais également être votre ami. Quelqu'un avec qui vous vous sentiez à l'aise. Quelqu'un à qui vous confier et vers qui vous tourner lorsque vous avez besoin d'aide ou de réconfort. Quelqu'un que vous seriez impatiente de retrouver chaque jour.

Elle sourit, incrédule.

— Comme c'est désintéressé de votre part ! se moqua-t-elle. Je comprends pourquoi on vous considère comme l'homme le plus charmant de Londres.

— Je ne pourrais être plus sincère.

Mrs Wilde l'étudia longuement du regard, sans se départir de son doux sourire.

— J'aimerais pouvoir le croire.

— Accompagnez-moi pour une promenade à cheval, proposa soudainement Douglas. Ou en cabriolet, si vous préférez. Ou à pied, si la voiture ne vous sied guère.

Elle hésita un instant, puis finit par opiner.

— Peut-être.

— Excellent.

Il s'inclina pour dissimuler son expression de triomphe. Lorsqu'il se redressa, il vit le visage de Madeline se figer. En une seconde, son air doux et radieux disparut sous un masque de méfiance. Mais ce n'était plus lui qu'elle observait ; elle regardait quelqu'un par-dessus son épaule, à l'extrémité opposée du square.

— Qu'y a-t-il ?

Elle n'esquissa pas un geste et se contenta de reporter

son attention sur Douglas. De loin, son attitude n'avait sans doute rien eu de suspect, mais Douglas se tenait si près d'elle qu'il avait pu voir ses joues pâlir brusquement.

— Rien. J'ai été surprise.

— Par qui ?

Mais Douglas savait, avec certitude, ce qui l'avait tant effrayée. Mrs Wilde tourna vers lui un regard rapide mais inquisiteur.

— Un homme qui se trouvait près de chez Gunter et que nous avons croisé sur Bond Street vient d'arriver sur la place.

Douglas jura silencieusement.

— Quelqu'un vous suit ?

Elle hésita une seconde.

— Ce doit être un nouveau voisin. Je l'ai aperçu à diverses reprises récemment.

Elle recula d'un pas avant d'ajouter :

— Merci de m'avoir escortée, Mr Bennet.

— Douglas, la corrigea-t-il à nouveau.

— Bonne journée.

Dans son dos, sa femme de chambre ouvrit la porte, comme si elle avait attendu son retour. Madeline s'engouffra dans la maison et l'huis claqua derrière elle avec force. Douglas entendit alors le raclement caractéristique d'un verrou. Le fils de baronnet n'avait jamais été connu pour son tempérament paisible ; il aimait la bagarre et n'avait besoin de guère plus qu'une petite insulte pour se jeter gaiement dans la mêlée. Si quelqu'un suivait Madeline Wilde, et lui-même, à travers la capitale… pis encore, si cette personne l'espionnait chez elle, Douglas serait heureux de lui donner une bonne leçon.

Prenant délibérément tout son temps pour repartir, Douglas se retourna. Il fit mine de réajuster son chapeau et de consulter sa montre, et en profita pour balayer le square d'un œil scrutateur. Il y avait bien un homme qui traînait le long de la rue adjacente, visiblement peu pressé. Douglas observa discrètement et patienta, une action récompensée lorsque l'inconnu regarda manifestement dans sa direction… et celle de la maison de Madeline. Il le fit en passant et continua de marcher comme si de rien n'était, disparaissant au coin d'une rue, mais il n'en fallut pas plus à Douglas. Il savait qui était l'espion et ne doutait pas un instant de la raison de sa présence ici.

Mais il comptait bien arranger cela.

Chapitre 9

Douglas trouva sa proie, tard ce soir-là, dans l'un des tripots de Whitechapel.

— Vous cherchez un logement plus grand ? l'interrogea-t-il.

Philip Albright tourna vers lui un regard perplexe.

— Non.

Douglas savait qu'Albright vivait à l'Albany, comme de nombreux autres célibataires aux revenus modestes.

— J'ai entendu dire que vous passiez énormément de temps à Brunswick Square. C'est vrai que le quartier compte de fort jolies résidences.

Douglas s'interrompit un instant, lorsque l'embarras fit tressaillir le visage de son interlocuteur.

— Mais, si ce n'est pas une demeure, ce doit être une dame qui vous attire là-bas ?

Albright s'agita.

— Peut-être.

Douglas s'esclaffa.

— Ne vous inquiétez pas ! Je n'en soufflerai pas un mot, j'aime à respecter la discrétion d'un homme… tant que la femme que vous convoitez n'est pas Madeline Wilde.

— P-pourquoi penseriez-vous cela ? bégaya Albright sans parvenir à masquer un sursaut ni un mouvement de recul coupable.

— Parce que vous avez été aperçu en train d'observer sa maison. Cela rend la lady en question terriblement nerveuse et je vous prie d'arrêter.

Albright s'éclaircit la gorge. Il parcourut la pièce d'un long regard, comme s'il cherchait une issue.

— Mon intention n'était nullement de l'inquiéter.

— Faire le guet devant chez elle et la suivre fort peu discrètement à travers toute la ville effrayerait n'importe quelle femme, lui fit remarquer Douglas. Plus encore une veuve qui ne jouit plus de la protection de son époux.

— Et c'est donc vous qu'elle a envoyé pour me dissuader de continuer ?

— Non, elle n'a pas la moindre idée que nous nous connaissons. Je suis venu de mon propre chef.

Douglas se pencha en avant.

— Mais, si William Spence est lié de près ou de loin à ce qui vous pousse à fréquenter Brunswick Square, vous devriez abandonner tant que vous le pouvez.

Enfin, Albright affronta de nouveau son regard.

— Comment cela ?

— Je sais ce que Spence prépare, déclara Douglas en croisant les bras. Il m'a fait la même offre.

— Ah.

L'amertume se peignit sur les traits d'Albright.

— Et vous m'avez devancé. C'est pour cela que vous me menacez ? Je vous ai vu avec elle. J'ai trouvé cela inhabituel de votre part, de rechercher la compagnie d'une femme respectable. J'aurais dû me douter qu'il y avait une autre raison à votre empressement.

Douglas ignora l'affront à son honneur. Certes, il comptait persuader Albright de garder ses distances avec elle, mais il tenait également à savoir ce que Spence lui avait révélé et ce qu'Albright avait découvert au sujet de Madeline. Il tâcha de se convaincre que c'était dans le but d'aider la jeune femme et non de l'espionner. Au moins ses intentions à lui étaient-elles bien plus honorables que celles de Spence ou même d'Albright.

— Outre le fait qu'il nous a mis en compétition pour son propre bénéfice… combien vous a-t-il offert, par curiosité ?

— La moitié de la prime de Chesterton.

Maintenant que le secret était éventé, Albright ne semblait nullement enclin à lui dissimuler quoi que ce soit.

— Seulement la moitié ? s'étonna Douglas en haussant les sourcils. Alors que vous faites tout le sale travail ? C'est une piètre proposition.

Albright se renfrogna.

— Et vous, combien ?

— Soixante-quinze pour cent, répondit-il avec un geste désinvolte. Ce qui est encore bien trop généreux pour ce scélérat, si vous voulez mon avis… à condition que la jeune femme s'avère être celle qu'il soupçonne, ce dont je doute fort.

Albright eut un rictus.

— Trop généreux, peut-être, mais vous connaissez Spence. Il joue pour gagner. Il doit avoir de sérieuses raisons de penser que c'est elle, s'il s'est donné la peine de nous mettre tous les deux sur l'affaire.

Il plissa les yeux avant d'ajouter :

— À présent, dites-moi la vérité, Bennet, me demandez-vous d'arrêter parce que vous comptez empocher cet argent ou parce que vous vous êtes pris d'un intérêt sincère pour elle ? S'il s'agit de la première option, alors concluons immédiatement cet entretien : chacun pour soi et que le meilleur gagne. Mais si c'est la seconde…

Douglas n'eut qu'une seconde pour décider de ce qu'il était prêt à confier à Albright. Ils cultivaient une relation amicale depuis l'université, s'affrontaient régulièrement sur le ring et se retrouvaient occasionnellement autour d'une table de jeu ou d'une soirée arrosée. Albright était un compagnon décent, qui ne trichait jamais et avait toujours fait preuve d'une certaine intégrité. Il lui arrivait de parier par simple divertissement, mais il n'avait jamais eu de conduite déshonorante.

— C'est la seconde option, concéda-t-il à voix basse. Si Spence tente de la ruiner, je le tuerai de mes mains.

Son interlocuteur parut alors se détendre.

— C'était ce que je soupçonnais. Je ne vous avais jamais vu aussi fasciné par une dame. Vous ne m'avez même pas remarqué quand je vous ai salué, n'est-ce pas ?

Douglas cligna des yeux.

— Quand cela ?

— Dehors, devant le glacier.

Albright semblait amusé, à présent.

— La dame m'a aperçu.

— Je sais. Cela l'a inquiétée. Depuis combien de temps la surveillez-vous ?

— Depuis près d'un mois.

Il avait donc commencé une quinzaine avant que Douglas ne se mette à la fréquenter. Spence avait dû trouver cela trop long.

— Vous acceptez d'abandonner ?

Albright opina.

— Si vous le souhaitez.

Puis il secoua la tête avec une légère déception avant d'ajouter :

— L'entreprise me semblait difficile, mais j'admets que la somme de mille livres aurait été bienvenue. Je dirai à Spence de renoncer, lui aussi.

— Bien… Non, attendez… ne faites pas ça.

Douglas réfléchit rapidement. Si Albright annonçait son intention de se retirer, Spence ne tarderait pas à trouver un nouveau pion pour enquêter sur Madeline. Albright, au moins, était un gentilhomme ; il avait peut-être effrayé Madeline en la suivant, mais il n'avait jamais voulu la terroriser ou lui faire du mal. Certains des autres compères de Spence ne se montreraient pas aussi galants. Et Douglas n'était pas prêt à prendre le risque que Spence envoie quelqu'un avec moins de scrupules pour intimider Madeline. Non, il devait trouver le moyen pour que toute cette histoire se retourne contre lui…

— Que diriez-vous de lui jouer un tour ?

— Pardon ?

— Spence semble convaincu qu'elle est Lady Constance. Et je suis persuadé qu'il se trompe.

Douglas bannit la pensée qu'il n'en avait aucune certitude et se concentra sur son principal objectif : protéger Madeline. Le meilleur moyen d'y parvenir était de déjouer les plans de Spence de façon définitive. Il ne s'était jamais considéré comme quelqu'un de particulièrement intelligent, mais il lui était arrivé d'organiser quelques plaisanteries relativement élaborées dans sa jeunesse. Cette situation ne pouvait pas être très différente. Et s'il la jouait à son avantage il pourrait même en ressortir avec le rôle du héros, ce qui lui convenait tout à fait.

— Je me moque de l'argent, mais il n'y a aucune raison pour que nous ne puissions pas retirer quelques livres de ce jeu de dupes.

Philip Albright lui lança un long regard inquisiteur. Pendant un instant, Douglas crut que l'homme allait rire et s'en aller, par peur ou par méfiance, mais Albright finit par déclarer avec un sourire :

— D'accord. Je vous écoute.

Chapitre 10

Pendant plus de deux semaines, Mr Bennet continua de lui renouveler son assurance qu'ils étaient amis.

Il lui rendait visite régulièrement ; pas tous les jours, mais avec assez de constance pour que Madeline se mette à attendre sa venue. Il l'appelait par son prénom et érodait petit à petit ses réticences à l'appeler Douglas en la corrigeant chaque fois qu'elle disait « Mr Bennet ». Il lui apportait des cadeaux : des oranges fraîches, un recueil de poésie et même un magnifique assortiment de plumes de cygne. « Pour noircir toutes ces pages », avait-il déclaré avec un éclat taquin dans le regard.

Comme tous ses autres présents, Madeline les accepta avec gratitude. Après tout, aucun ne s'inscrivait dans le registre intime ou romantique et elle avait appris que protester lui valait systématiquement de terminer avec le cadeau dans les bras au départ de Mr Bennet, ce qui l'amusait beaucoup malgré elle. Et puis, Constance préparait la plus délicieuse des marmelades d'oranges.

La domestique, d'ailleurs, trouvait absolument tout ce qui touchait à Mr Bennet « parfaitement exquis ».

— Bien joué, madame ! avait murmuré l'impertinente

femme de chambre après l'une de ses visites. Il fera tout à fait l'affaire en attendant l'arrivée de Mr Steele.

— Qui est Mr Steele ? l'interrogea Madeline, surprise.

— Le majordome que vous devriez embaucher, répondit Constance en replaçant tasses et théière sur le plateau pour débarrasser. Même si j'admets que son poste est en péril, maintenant que Mr Bennet vous sert si aimablement d'escorte.

Elle n'avait pas tort, mais la situation éveillait en Madeline des sentiments contraires. Douglas participait très souvent aux mêmes événements qu'elle, puisqu'ils évoluaient dans les mêmes cercles, et il insistait invariablement pour la reconduire chez elle. C'était bien plus pratique que de louer un fiacre et elle devait bien reconnaître qu'il n'avait pas son pareil pour la faire rire avant qu'ils n'atteignent sa porte. Pas une seule fois il n'avait demandé à entrer ou tenté de l'embrasser. Il se comportait réellement comme un ami, si bien que Madeline en venait à se demander si elle n'avait pas imaginé l'étincelle d'attirance qu'elle avait ressentie entre eux au début.

La jeune femme se ressaisit.

— On ne saurait mettre en péril un poste qui n'existe pas.

— Pas encore, répliqua Constance.

— Et qui est ce Mr Steele ? Vous n'avez pas promis d'emploi à quelqu'un, j'espère ?

La domestique afficha une mine outrée.

— Madame ! Jamais !

Madeline plissa les yeux avec méfiance.

— Ce Mr Steele n'est pas réel, n'est-ce pas, Constance ?

— Pas encore.

La camériste prit le plateau, le regard perdu dans ses rêveries éveillées.

— Mais je le visualise parfaitement. Assez grand pour atteindre les dernières étagères du cellier et assez fort pour porter une femme jusqu'en haut de l'escalier si elle se foulait la cheville. Je l'imagine blond… les hommes blonds sont si séduisants. Avec des yeux verts et un humour impertinent. J'admire cela, chez un homme. De même que les larges épaules et une belle quantité de muscles. Son prénom sera James, ou Geoffrey, quelque chose de viril, qui roule sur la langue.

— Êtes-vous certaine de décrire un majordome ? l'interrogea Madeline avec ironie. Il me semble bien supérieur à la plupart des hommes de service.

— Je ne souhaite que le meilleur pour vous, madame. Mr Steele devrait représenter l'excellence de Londres, mais il n'y a aucune raison pour qu'il ne puisse être grand, fort et séduisant de surcroît.

La femme de chambre lui adressa un large sourire et emporta le plateau. Avec une exaspération amusée, Madeline se dirigea vers la fenêtre. Deux jeunes garçons de la maison voisine pourchassaient un cerceau de bois à travers la pelouse sous le regard bienveillant de leur nourrice et un équipage transportant d'élégantes ladies disparaissait au coin d'une rue. Brunswick Square était paisible et silencieux, avec ses habitants distingués et respectables.

Et sans le moindre intrus. L'homme qui avait si régulièrement rôdé aux abords de la place ou fait semblant de lire un journal près de la grille en fer forgé s'était évaporé. Au début, Madeline en avait éprouvé un réel soulagement et avait tâché de se convaincre qu'elle avait tout imaginé. Mais depuis peu elle ne cessait de s'interroger : les fréquentes visites de Douglas avaient-elles joué un rôle dans cette histoire ?

Eh bien, tant mieux, songea-t-elle. Au moins, cela lui donnerait une raison valable à offrir à Liam. Il était au courant des attentions que lui témoignait Douglas. Par deux fois déjà, il lui avait demandé si elle n'en était pas arrivée à les apprécier, malgré les protestations de Madeline. Il était de plus en plus difficile de le nier et la jeune femme maintenait que Douglas ne représentait nullement une menace. *Ce n'est qu'un ami,* s'imagina-t-elle répondre à Liam, avant de grimacer en anticipant sa réaction à une telle déclaration. Il ne la croirait probablement pas lorsqu'elle lui expliquerait que Douglas jouait le rôle de nouveau protecteur, mais elle pourrait sans doute le convaincre que plus personne n'avait osé la surveiller depuis qu'ils se fréquentaient.

Hélas… c'était cet aspect qui dérangeait Madeline. Elle aurait dû être satisfaite, heureuse même, qu'un homme attentionné et amusant ait décidé de devenir son ami. C'était presque aussi pratique que d'avoir un frère, car cela lui conférait une véritable protection sans qu'elle soit contrainte de la payer de son indépendance. Si seulement elle avait été capable d'éprouver une affection *fraternelle* pour Douglas…

Madeline constata brusquement qu'elle fronçait les sourcils. Sa propre indécision la frustrait presque autant que Douglas lui-même ! Il avait forcément conscience de ce qu'il faisait ! Il devait savoir qu'il était séduisant, charmant, avec un humour irrésistible. Sans doute essayait-il de la rendre folle de lui en la torturant avec cette longue et courtoise amitié ! Si elle l'encourageait, il n'hésiterait pas une seconde à la soulever de terre et à l'emmener dans la chambre pour lui faire l'amour toute la nuit.

Mais non !

Madeline secoua la tête pour déloger fermement cette idée. Ce n'était pas du tout son objectif… Elle n'avait aucune intention de serrer Douglas contre son corps nu tandis qu'il taquinerait sans vergogne sa peau de sa langue impertinente et que ses mains mutines lui feraient perdre la raison. Elle ne tenait pas à se réveiller chaque matin en compagnie d'un homme au sourire languide et à la bonne humeur communicative. Ni à le voir traverser une salle de bal bondée pour l'enlacer et montrer à toute la haute société qu'elle n'était pas une veuve glaciale et distante, mais une femme hantée par la solitude…

Madeline ferma les yeux un instant. Elle n'allait tout de même pas succomber à une telle inclination ! Elle deviendrait la risée de Londres. Douglas Bennet était un parieur, un séducteur frivole, un débauché aux manières aguicheuses qui ne s'intéressait à elle que parce qu'elle ne lui était pas immédiatement tombée dans les bras. Toute cette relation décente, cette amitié galante, n'était que pure comédie. Il s'efforçait de la faire rire pour mieux la séduire.

Quelle autre raison aurait-il pu avoir ?

Au terme d'une nouvelle nuit agitée, Madeline se leva

tôt, se vêtit et sortit. Elle ne connaissait qu'une seule personne capable de lui prodiguer de bons conseils en pareille situation, la seule qui l'écouterait sans la juger et qui n'en soufflerait mot à personne. Après une marche rapide, elle tourna sur Berwick Street et abattit le heurtoir d'une charmante maison de briques.

Sa mère prenait son petit déjeuner.

— Ma chérie ! s'exclama Adèle Dantes en se levant de table avec un sourire ravi. Quel bonheur de vous voir !

— Vous avez l'air en pleine forme, maman.

— Merci, mon enfant, vous flattez la vanité d'une vieille femme.

— Vaniteuse peut-être, mais vieille non, dit Madeline en riant.

Elle embrassa la joue de sa mère.

Adèle lui prit les mains et fit de même, mais ne la libéra pas tout de suite. Au lieu de cela, elle examina Madeline un long moment.

— Vous paraissez préoccupée.

La jeune femme eut un sourire las.

— Je ne peux rien vous cacher.

— Rassurez-vous, votre visage est aussi frais qu'une rose, ma chérie. Mais s'il n'y a pas d'ombres sous vos yeux j'en devine qui voilent l'éclat de votre regard.

Sa mère lui fit signe de prendre place.

— Cécile, apportez à Mrs Wilde de quoi se restaurer.

Dès que la domestique eut déposé devant Madeline thé et couverts, Adèle la congédia.

— Êtes-vous ici pour en parler ou pour vous changer les idées ?

— Vous me connaissez si bien, maman…

C'était vrai ; elle pouvait passer des semaines sans rendre visite à sa mère, Adèle devinait toujours immédiatement lorsque quelque chose n'allait pas.

Cette dernière lui coula une œillade de reproche.

— Je suis votre mère. Je connais chacune de vos humeurs depuis que vous êtes enfant.

Madeline versa un nuage de lait dans son thé et le regarda se mêler au liquide ambré. Sa mère avait une préférence pour la porcelaine française, si fine que l'on pouvait voir la lumière briller au travers.

— J'aurais tant aimé que ma frustration ne soit que cela… un problème enfantin.

— Ah. Comment s'appelle-t-il ?

Madeline reposa sa cuillère.

— Pourquoi faut-il toujours que ce soit un homme ?

— Il semblerait que ce soit dans leur nature, répondit Adèle en grimaçant. Que vous a-t-il fait ? Souhaitez-vous que je demande à Canton de le descendre ?

— Non.

— Non ?

Sa mère haussa un sourcil.

— Parce qu'il ne mérite pas un tel sort ou parce que vous préféreriez le faire vous-même ?

Mais Madeline échappa à la nécessité de répondre à cette question lorsque la porte s'ouvrit et que le duc de Canton en personne entra dans la pièce. C'était un homme robuste et franc, à la chevelure blonde clairsemée et au ventre de plus en plus proéminent. Il n'était pas particulièrement séduisant, mais profondément chaleureux.

— Ah, Madeline ! Bonjour, ma chère.

Elle lui tendit la joue, sur laquelle il déposa un baiser affectueux.

— Bonjour, Votre Grâce.

— Quel homme chanceux je fais aujourd'hui ! Je vais pouvoir prendre mon petit déjeuner en compagnie de deux femmes magnifiques.

Il lui lança un clin d'œil avant d'embrasser Adèle avec bien plus de passion. Madeline vit le visage de sa mère s'éclairer aussitôt, radieux et rasséréné. Elle avait contemplé cette scène des centaines de fois par le passé, mais pour une raison inconnue cette fois-ci la frappa.

Le duc contourna la table et se mit à soulever les cloches pour examiner les plats sur le buffet.

— Y a-t-il du hareng ?

— Il y a toujours du hareng, répondit Adèle.

Il souleva une autre cloche.

— Oho ! Le voici.

Il jeta un coup d'œil en direction de Madeline tandis qu'il remplissait son assiette.

— Êtes-vous venue convaincre votre mère de passer l'hiver dans le Hampshire ?

La résidence principale de Canton, Linton Hall, se trouvait dans le Hampshire. C'était un domaine vaste, bucolique et d'une beauté spectaculaire. Chaque année, aussi loin que Madeline puisse s'en souvenir, le duc tentait de persuader Adèle d'y effectuer un séjour prolongé… et chaque année le pauvre homme échouait. Adèle n'était chez elle qu'en ville, au milieu des boutiques et des théâtres. Chaque fois qu'elle cédait aux suppliques de Canton et consentait à voyager jusqu'au Hampshire, elle trouvait une raison pour rentrer à Londres au bout de quelques semaines, voire quelques jours.

— Dieu la préserve de dire de telles sottises, répondit Adèle avant que Madeline ait le temps d'ouvrir la bouche. Vous ne voudriez tout de même pas me séparer de mon unique enfant pour m'isoler à Linton Hall ? J'en dépérirais.

Canton s'esclaffa.

— Jamais ! Je ne saurais le permettre. Venez pour la fête de Noël et vous changerez d'avis, ma chère.

Adèle agita la main distraitement.

— Vous dites cela chaque année, et chaque année il fait trop froid ou trop humide. Au moins, en ville, nous pouvons nous rendre au théâtre, les jours de pluie.

— J'inviterai une troupe sur le domaine pour votre seul amusement. Viendrez-vous, alors ? tenta-t-il de l'amadouer.

Adèle fit la moue.

— Il me faudrait empaqueter toutes mes toilettes.

— Nous importerons un petit village de modistes et de chapeliers. Ils pourront s'installer dans la grande galerie.

Canton lança un regard plein d'espoir à Madeline.

— Et votre fille est toujours la bienvenue chez moi. Je suis certain que l'air sain de la campagne lui ferait du bien !

Madeline ne put retenir un sourire.

— Peut-être.

Adèle jeta les mains au ciel, mais Madeline savait qu'elle luttait pour ne pas rire, elle aussi.

— Je constate que je vais devoir me trouver de nouveaux alliés.

— Je préfère voir cela comme un prélude à la victoire, annonça Canton. À Noël dans le Hampshire !

Il leva sa tasse de café dans l'hilarité générale.

Madeline regarda sa mère continuer de plaisanter avec le duc tandis qu'ils prenaient leur petit déjeuner. La jeune femme connaissait Canton depuis son enfance ; il avait toujours été là, généreux et jovial. Lorsqu'elle était petite, il gardait des bonbons dans ses poches, juste pour elle. Plus tard, il lui avait apporté des rubans pour ses cheveux ou arrangé des visites à la ménagerie de Londres. Quand Madeline s'était mariée, il lui avait offert une magnifique paire de boucles d'oreilles en diamant. À ses yeux, il était plus un père que ne l'avait été son véritable géniteur, dont elle ne conservait que peu de souvenirs. Henri Dantes était mort alors qu'elle n'avait que six ans. De leur temps ensemble, elle ne se rappelait que quelques chansons et une sortie au parc pour faire du cerf-volant.

Mais, non, ce n'était pas tout. Elle n'avait pas oublié toutes les disputes entre son père et sa mère. Henri était un parieur, à peine capable de garder une guinée sans être tenté de la remettre aussitôt en jeu. Et il en avait perdu en grande quantité, ce qui avait provoqué toutes ces querelles ; même enfant, elle avait compris la situation. Madeline se rappelait s'être cachée derrière une chaise tandis que sa mère hurlait contre lui de longues et furieuses litanies de mots français. Parfois, des assiettes avaient traversé la pièce. Elle se souvenait d'une nuit où sa mère avait verrouillé la porte et refusé de le laisser entrer, lorsqu'il était rentré tard, ivre et agité. Madeline avait entendu son père crier depuis la rue, même avec la couverture sur la tête. Après la mort de Henri, Madeline n'avait plus jamais vu sa mère hurler ni parler français. Son décès avait laissé place à la quiétude, à Canton et à une vie parfaitement anglaise.

Madeline n'avait jamais posé beaucoup de questions à ce sujet. Sa mère ne mentionnait jamais Henri, mais elle n'avait pas expliqué grand-chose au sujet du duc non plus. L'homme faisait déjà partie du monde de Madeline avant la mort de Henri, il était simplement devenu un visiteur plus fréquent après cela. Il était le bienvenu chez Adèle à toute heure. Il allait et venait comme s'il était propriétaire des lieux, ce qu'il était probablement, songea Madeline. Sa mère vivait confortablement mais discrètement, et toutes les questions d'argent étaient balayées d'un revers de la main et jugées « vulgaires ». Pourtant, Madeline connaissait les rumeurs. Elle les avait entendues pendant des années, même si elle n'avait jamais dit un mot sur sa famille à qui que ce soit. Depuis son enfance, sa mère lui avait enseigné à ne pas en tenir compte et Madeline s'en était tenue à cette consigne. Et en vérité l'adage « pour vivre heureux, vivons cachés » avait parfaitement fonctionné pour Adèle et Madeline. Mais en observant le duc avec sa mère, ce matin-là, Madeline se prit à réfléchir. Adèle était veuve depuis près de vingt ans. Canton ne s'était jamais marié. Il était évident que l'amour et l'affection formaient la base de leur relation. Parfois, Madeline les surprenait à échanger un regard intime et elle savait qu'il y avait aussi de la passion entre eux. La rumeur voulait qu'ils soient amants depuis des décennies, leur union n'aurait donc étonné personne. Mais quelque chose continuait de les séparer.

— À présent, parlez-moi de lui, lui demanda Adèle lorsque le duc eut terminé son repas, embrassé les deux femmes sur la joue et quitté la pièce en sifflant ses chiens, lesquels bondirent sur ses talons.

Madeline prit son temps pour répondre. Elle était venue en quête de conseils, mais ignorait quoi dire. Comment pouvait-elle décrire Douglas ?

— Je pensais à mon père, finit-elle par déclarer, prenant conscience, au moment où les mots franchissaient ses lèvres, que ces questions la taraudaient depuis des lustres.

— Il est mort il y a dix-neuf ans, paix à son âme, énonça sa mère d'un ton égal. Qui est cet homme qui vous frustre tant ?

Madeline joua avec sa petite cuillère.

— Un parieur, comme papa.

— Dans ce cas, je vous conseille de passer votre chemin sans attendre, rétorqua Adèle, dont la voix était devenue brutalement glaciale. Et vous ne devez sous aucun prétexte le laisser vous convaincre qu'il perdra cette habitude. S'il tente de vous en persuader, il ment. À vous autant qu'à lui-même.

Madeline opina : c'était un avertissement raisonnable. Toutes les rumeurs qu'elle avait entendues au sujet de Douglas lui promettaient, au mieux, une liaison torride de quelques semaines. C'était un homme impétueux et charmant, avec un merveilleux sens de l'humour, mais il n'en demeurait pas moins un séducteur. Pour ce qu'elle en savait, toute l'attention dont il l'abreuvait ces derniers temps n'était qu'un moyen pour lui de gagner un pari. Après tout, il avait déjà reconnu en avoir accepté un pour la convaincre de danser avec lui.

Et pourtant... Madeline avait connu plus d'un parieur impénitent dans sa vie et Douglas ne leur ressemblait en rien. Elle ne parvenait pas à l'imaginer entrant dans une colère noire à cause d'une défaite. On disait ses pertes fréquentes mais anecdotiques ; d'ailleurs, il avait perdu plusieurs paris contre elle au cours des dernières semaines, et pas une fois cela ne l'avait mis de mauvaise humeur. Était-il possible qu'un homme joue de l'argent régulièrement sans risquer la faillite ? Sa famille avait-elle épongé ses dettes pour lui épargner la disgrâce ? Ou avait-il eu jusque-là suffisamment de chance pour que ses gains renflouent ses déficits ?

— Papa perdait-il toujours ? demanda-t-elle avec douceur. Je me souviens de vos disputes à ce sujet. Mais y avait-il également des soirs où il rentrait heureux et les poches pleines ?

Sa mère demeura silencieuse un long moment, le regard fixé sur un point distant.

— Fort peu. Lorsqu'il gagnait, il se rendait au pub avec l'argent et...

Adèle soupira.

— Devons-nous vraiment parler de lui ? ajouta-t-elle.

— Je ne sais presque rien à son sujet, se défendit Madeline d'un ton d'excuse. Je n'ai que quelques souvenirs de lui en train de rire... et de vos disputes. Enfant, je le considérais comme quelqu'un d'à la fois extraordinaire et terrifiant, mais maintenant...

Adèle lui lança un regard en coin.

— Il ressemble beaucoup à l'homme dont vous êtes en train de tomber amoureuse, c'est cela ?

— Non ! s'exclama aussitôt Madeline.

Sa mère haussa un sourcil.

— Non, je ne pense pas, insista la jeune femme.

— Vous ne pensez pas qu'il ressemble à votre père ou vous n'êtes pas en train de tomber amoureuse de lui ?

Ni l'un ni l'autre.

Madeline ne voulait simplement pas prononcer ces mots à voix haute. Elle étudia scrupuleusement sa tasse de thé, regrettant sa visite. Songer que Douglas puisse sortir du même moule que son bon à rien de père était une idée dérangeante, mais il était impossible de nier les similitudes entre leurs deux profils. Et cela ne faisait que rendre la seconde accusation de sa mère plus douloureuse. Madeline n'avait jamais eu l'intention d'apprécier cet homme, mais Douglas avait su la charmer. Elle avait combattu son attirance pour lui, mais semblait incapable de penser à autre chose qu'à toutes ces occasions où leurs corps, ou même simplement leurs mains, s'étaient effleurés. Elle refusait de tomber amoureuse de lui, ou de qui que ce soit, mais sentait son cœur glisser dangereusement sur cette pente chaque fois qu'il la faisait rire.

— Il ne peut être entièrement comme votre père, car alors vous ne lui auriez jamais accordé un regard, finit par déclarer sa mère, interrompant ses rêveries. Vous n'avez jamais apprécié ce genre d'hommes, par le passé. Arthur était sérieux, responsable et parfaitement honorable.

Adèle eut un sourire amusé en voyant Madeline relever la tête, surprise.

— Vous vous imaginiez que je ne l'avais pas remarqué ? Arthur était l'exact opposé de votre père. Il me faisait penser à Canton, c'est pourquoi j'ai encouragé si pleinement votre union.

— Maman…

Madeline hésita avant d'ajouter :

— Le duc de Canton est-il… pourrait-il être… mon véritable père ?

La jeune femme crut voir sa mère s'affaisser quelque peu. Adèle soupira à nouveau et porta la main à ses lèvres, songeuse et embarrassée.

— Depuis combien de temps comptiez-vous me poser cette question ?

— Depuis des années, admit Madeline.

Depuis qu'elle avait entendu les rumeurs pour la première fois, elle avait souhaité que tout soit vrai. Canton était doux et chaleureux, et elle avait rêvé d'être sa fille. Mais plus tard elle avait changé d'avis, prenant conscience que cela aurait fait d'elle une « bâtarde », un qualificatif peu reluisant. Aujourd'hui, cependant, elle estimait que cela n'avait plus guère d'importance. Que le sang d'un parieur invétéré ou d'un duc intelligent et intègre coule dans ses veines, Madeline demeurait elle-même. Elle croyait autant en la chance qu'en la nécessité de la provoquer.

— Vous êtes ma fille, répondit Adèle avec douceur. La mienne. Henri ne voulait pas d'une fille. Canton n'est pas mon époux. Vous n'étiez qu'à moi, ma chérie, et j'étais férocement déterminée à ce que vous n'ayez jamais besoin d'un père. Mais je comprends que vous vous soyez interrogée. Je sais ce que les gens disent. La vérité…

Elle hésita, soudain indécise, avant de reconnaître :

— La vérité, c'est que j'ignore qui de ces deux hommes est votre père.

Elle se tourna vers Madeline lorsque celle-ci écarquilla les yeux, choquée.

— Je me suis longtemps convaincue que Dieu me pardonnerait mon infidélité, car succomber à ce péché m'a sans doute empêchée d'en commettre un bien pire. Je ne voyais pas comment je pourrais supporter de vivre avec Henri un jour de plus. Canton… Canton m'a probablement gardée de devenir une meurtrière.

Madeline sentit sa gorge s'assécher.

— Alors… vous l'aimiez déjà, à l'époque ?

— Oh ! oui.

Le visage d'Adèle s'adoucit aussitôt.

— Suffisamment pour accepter tout ce qu'il proposait. Je le soupçonne d'avoir remboursé les dettes de Henri, tout comme je sais qu'il a enduré d'innombrables provocations de sa part. Combien de fois a-t-il sacrifié sa dignité par amour pour moi ? En échange, je me moquais des murmures choqués de la société et des rumeurs m'établissant comme sa maîtresse. La vérité, c'est que j'étais très heureuse de l'être. J'ai volontairement fermé les yeux, ignoré toutes les conséquences, et je l'ai suivi sans poser de questions.

Adèle plaqua une main sur la table, la paume tendue vers Madeline.

— Puis vous êtes arrivée. Je ne pouvais faire fi des répercussions sur vous comme je l'avais fait pour moi.

— Pourquoi ne pas avoir épousé Canton après…

Madeline s'interrompit avant de finir sa phrase.

Après la mort de mon père. Mais Henri Dantes était-il vraiment mon père ?

Elle ne savait plus comment le désigner, à présent.

— Quand vous êtes devenue veuve, acheva-t-elle. Il a forcément dû demander votre main.

— Non, ma chérie. Cela n'aurait fait que renforcer les soupçons quant au crime dont on nous accusait à demi-mot, argua sa mère. Ni Canton ni moi ne voulions cela pour vous. Nous tenions à préserver votre réputation.

Leur mariage aurait confirmé que sa mère avait été infidèle… la société aurait alors été convaincue qu'ils avaient arrangé ensemble le meurtre de Henri Dantes. Madeline comprit que le duc aurait été prêt à tout pour épargner cela à Adèle. Et à sa fille de six ans.

— Pourquoi aviez-vous épousé Henri ?

— Parce que j'étais une idiote.

Le visage de sa mère se referma, figé, presque comme changé en pierre.

— Il est entré dans ma vie à la manière d'un ouragan, me ballottant de toute part jusqu'à ce que j'en devienne incapable de voir la vérité ou de réfléchir clairement. Il ne cessait de me charmer, de me séduire, sans jamais me laisser un instant de répit pour m'apaiser et m'interroger. Mais pour être honnête j'ai été une proie facile. J'étais jeune, candide et folle de joie d'être courtisée avant tant d'intensité et de passion. Il m'avait fait tourner la tête et il le savait.

Madeline trouva dans cette description une certaine source de consolation. Aussi flatteuses que puissent être les attentions de Douglas Bennet, Madeline n'avait pas la sensation d'avoir perdu tous ses moyens. Et même si leur relation avait parfois l'air d'un ouragan l'agitation venait de Madeline elle-même, depuis qu'elle avait pris conscience qu'elle appréciait sa compagnie et que cela entrait en conflit avec son instinct de conservation. Tout cela ne lui était jamais arrivé, jusqu'à présent. Son affection pour Arthur s'était parfaitement assortie à son besoin de discrétion et les intentions de son époux avaient toujours été honorables. Leur mariage avait été une alliance sûre, confortable et paisible. Mais aujourd'hui Madeline craignait que son obsession pour Douglas Bennet n'ait rien de discret ni d'honorable… Dieu seul savait comment tout cela se terminerait !

— Cet homme dont vous essayez de ne pas tomber amoureuse, reprit Adèle en tapotant la table, chassez-le.

Madeline cligna des yeux, brusquement arrachée à ses pensées.

— Pardon ?

— Chassez-le, répéta sa mère. Donnez-lui une tâche impossible à accomplir ou un pari qu'il ne pourra jamais gagner. S'il refuse de partir après avoir perdu, alors vous aurez votre réponse. Mais s'il tient parole…

Elle haussa les épaules avant d'ajouter :

— Henri ne tenait jamais parole. S'il avait accepté de

me laisser tranquille pendant une semaine, je me serais rendu compte qu'il n'était pas fait pour moi. Mais il était déterminé à m'aveugler.

— Mais… s'il part et que je constate que sa présence me manque ? murmura-t-elle.

Un sourire doux et chaleureux éclaira le visage de sa mère.

— Alors vous devrez le reconquérir, ma chérie. S'il mérite réellement votre amour, il se montrera honorable en respectant votre choix et reviendra auprès de vous au premier signe de votre part. Croyez-moi ; j'ai chassé Canton trois fois, persuadée qu'il valait mieux mettre un terme à tout cela, pour notre bien à tous les deux. Les trois fois, il m'a tant manqué que ma détermination à ne plus le revoir s'est étiolée et, en quelques heures, je le retrouvais sur mon perron.

— Et s'il ne revient pas ?

Adèle haussa les épaules.

— Alors il ne mérite ni votre affection ni vos larmes. Dans tous les cas, en le chassant, vous aurez les réponses à vos questions.

Madeline devait reconnaître que sa mère n'avait pas tort. S'il refusait de partir, cela confirmerait qu'il n'avait aucun réel respect pour elle. S'il partait pour ne jamais revenir, Madeline se verrait épargner une terrible humiliation ainsi qu'un cœur brisé. Mais s'il se comportait avec honneur et souhaitait toujours être à ses côtés après cela…

— Merci, maman.

Elle se leva et embrassa une nouvelle fois la joue de sa mère.

— Vous m'avez été d'une aide précieuse.

Adèle serra sa main avec tendresse, l'air soulagé.

— Une mère est là pour cela, ma chérie.

Chapitre 11

Douglas était satisfait de voir ses manœuvres avancer merveilleusement sur les deux fronts. Albright se révélait un conspirateur de premier ordre, ravi de sauter à pieds joints dans leur petite combine. Les deux hommes se servaient de leurs entraînements de boxe réguliers pour planifier ce qu'ils allaient dire et quand. Albright exprimait de plus en plus de doutes auprès de Spence sur le fait que Madeline puisse être Lady Constance, tandis que Douglas lui assurait qu'il était de plus en plus certain du contraire. Il étayait ses propos de comptes rendus sur le nombre de fois où il avait rendu visite à la jeune veuve, se targuant d'être toujours chaleureusement accueilli chez elle. Et chaque soirée ou bal qu'il quittait publiquement avec Madeline à son bras ne faisait qu'apporter de l'eau à son moulin. Albright et lui étaient certains que Spence commençait à croire les déclarations de Douglas et, au bout de quelques jours, ils se dirent qu'il était temps de passer à la deuxième étape : suggérer un autre pari à Spence.

— Combien devrais-je lui demander ? s'enquit Albright tandis qu'ils sortaient du salon de boxe après leur combat habituel.

— Combien souhaitez-vous ?

Albright réfléchit.

— Deux cents me conviendraient parfaitement.

— Parfait, acquiesça Douglas. Ce n'est pas trop élevé, ce qui aurait attisé sa méfiance, mais suffisamment pour que la défaite lui soit fort désagréable.

Tous deux estimaient que Spence méritait de perdre un peu d'argent étant donné que pour l'instant tous les paris étaient gagnants pour lui. Sans une preuve de l'identité de Lady Constance, il n'avait qu'à patienter tranquillement en coulisse... L'objectif de Douglas était de pousser Spence à faire une sorte de déclaration publique, qu'il pourrait ensuite tourner en ridicule afin d'écraser tous les soupçons qui pesaient sur Madeline. En pariant que Mrs Wilde n'était pas Lady Constance, Albright ne ferait que le conforter dans ses convictions. Douglas, quant à lui, achèverait de le persuader en lui disant que finalement il n'avait aucune raison de partager la prime avec lui. Heureux d'empocher l'argent d'Albright et déterminé à ne pas laisser Douglas le doubler, Spence tomberait droit dans le panneau. Non seulement il passerait pour le pire des mufles en accusant une femme innocente d'un comportement scandaleux, mais il perdrait également deux cents livres au profit d'Albright sans toucher un penny de la prime de Chesterton.

— Je l'aborderai ce soir.

Les yeux d'Albright scintillaient de malice à l'idée de duper Spence.

— Et vous ?

— Je compte emmener Mrs Wilde faire une promenade en cabriolet, demain. Je ferai en sorte qu'il soit au courant.

Son compagnon éclata de rire.

— Bien joué. J'espère que vous progressez aussi bien avec elle qu'avec lui.

Douglas lui adressa un clin d'œil, puis prit congé. Il rentra chez lui de fort bonne humeur, songeant avec délice à ce qui l'attendrait le lendemain. Il était enfin parvenu à convaincre Madeline de l'appeler par son prénom et se voyait accorder la même courtoisie. Il était le bienvenu chez elle et la jeune femme paraissait heureuse de le retrouver en société. Il réussissait aussi à la faire rire régulièrement. Étrangement, en cessant toutes les attentions qu'il concédait d'ordinaire aux dames qu'il courtisait, il semblait s'être enfin attiré sa sympathie.

C'était une véritable révélation ! Selon son expérience, le beau sexe aimait qu'on le charme et qu'on le séduise ; les demoiselles appréciaient de badiner tout autant que lui. Mais en prenant le temps de connaître Madeline, au lieu de faire le galant, Douglas avait découvert des choses fascinantes à son sujet.

Elle fredonnait en marchant. Au début, il avait cru que ses oreilles lui jouaient des tours pendant l'une de leurs promenades dans le parc, mais non… avec stupeur, il avait même reconnu une mélodie relativement grivoise, populaire dans certaines des tavernes les plus chahuteuses. Lorsqu'il avait croisé son regard, incrédule, la charmante veuve s'était contentée de sourire.

Madeline était également férue de course hippique. Il n'avait jamais rencontré de femme qui s'intéressât à ce domaine, au-delà de décider quel chapeau ou quelle robe porter à l'hippodrome, mais Madeline connaissait les concurrents. Elle refusait de parier sur le vainqueur, mais discutait de leurs mérites et de leurs faiblesses avec expertise et intelligence.

Elle était gauchère. Douglas l'avait découvert lors d'une de ses visites, en observant ses mains nues. Il avait remarqué des traces d'encre sur son pouce et son index gauches, quand elle avait gaiement expliqué avoir rédigé plusieurs lettres avant son arrivée. Hélas, cela lui avait à nouveau fait penser à l'extraordinaire quantité de papier qu'elle avait commandée. Qu'écrivait-elle réellement ? Il ne pouvait qu'espérer qu'il s'agissait bien de longues missives et non des récits érotiques de nuits scandaleuses.

S'il parvenait à se convaincre que tout ce qu'il avait lu dans *50 façons de pécher* n'était que pure fiction, issue de sa seule imagination, il ne pouvait supporter que Madeline songe à un autre homme que lui de cette façon. Alors deux, trois ou cinquante… même si ces hommes étaient aussi chimériques que les actes. Et si c'était à lui qu'elle pensait quand elle écrivait c'était encore pire ; Douglas ne voulait rien de fictif dans leurs relations intimes… qui, d'ailleurs, demeuraient pour l'instant de l'ordre du fantasme.

Avec un peu de chance, cela changerait le lendemain. Il avait deviné son aversion pour la foule et choisi un lieu tranquille, loin de la ville. Ce fut donc avec un panier de pique-nique rangé dans le coffre de son cabriolet et l'annonce d'une belle journée ensoleillée que Douglas aida Mrs Wilde à monter à bord d'un charmant carrick.

— Je constate que vous avez chaussé des bottes robustes, déclara-t-il avec approbation.

Il avait envoyé une note la veille pour lui en faire la requête.

— Comme vous me l'aviez demandé, répondit-elle avant d'incliner la tête avec curiosité. Mais vous ne m'avez pas expliqué pourquoi.

— C'est une surprise.

Il s'installa gaiement à côté d'elle et ils se mirent en route.

Tandis qu'ils traversaient la capitale, la jeune femme l'interrogea sans relâche dans l'espoir de découvrir où ils se rendaient. Il sourit à sa suggestion de Kensington, rit de bon cœur lorsqu'elle proposa Greenwich, mais perdit le contrôle du véhicule quand elle ajouta, presque malicieusement :

— Vous ne m'emmenez pas à Gretna Green, tout de même ?

— Pardon ? Non ! protesta-t-il en luttant pour retrouver le contrôle du cheval.

Tout comme le cabriolet, Douglas avait loué l'animal pour la journée et cherchait encore à s'habituer à ses réactions. Le fait qu'il ait brutalement serré les rênes n'avait évidemment rien à voir avec le troublant sous-entendu de sa partenaire.

— Non, visiblement, conclut-elle, les yeux scintillants d'un éclat taquin. J'ai l'impression que la simple suggestion d'une fugue amoureuse a bien failli nous coûter la vie !

— Ce n'est rien de tel.

Le hongre s'apaisa enfin et reprit un trot cadencé

en hochant la tête de temps en temps. Douglas inspira longuement et se convainquit que la peur d'avoir manqué de faire une sortie de piste était seule responsable des battements erratiques de son cœur… Cela n'avait rien à voir avec l'idée d'enlever Madeline et de la conduire jusqu'à Gretna Green pour l'épouser. Après avoir passé chaque instant de chaque journée… et nuit… en sa seule compagnie pendant toute la durée de ce long voyage vers le nord. Ce serait un moyen romanesque de lui prouver que ses intentions envers elle étaient honorables, toutefois… cela ferait de lui un homme marié. Marié à Madeline Wilde.

Il l'étudia du coin de l'œil. Elle souriait toujours d'un air satisfait, comme si elle venait de lui jouer un tour particulièrement drôle. Avait-elle parlé de Gretna Green parce qu'elle songeait à une alliance ? Entre eux ?

— Fuguez-vous régulièrement à Gretna Green avec de séduisants gentilshommes ? lui demanda-t-il d'un ton badin, encore troublé par cette plaisanterie.

— Non, ce serait la première fois.

Elle inclina de nouveau la tête avec curiosité pour l'observer par-dessous le bord de son bonnet.

— Pour vous aussi, je suppose.

— Absolument.

Il s'éclaircit la gorge avant d'ajouter :

— Et je crains que cette voiture ne soit guère appropriée pour un tel voyage.

C'était un carrick ouvert, confortable pour une courte sortie, mais guère plus.

— Certes non, reconnut-elle.

— Et il serait fort présomptueux de faire route vers Gretna sans la certitude que la dame en fugue souhaite se marier.

— Fort présomptueux, concéda-t-elle.

— Et pourtant, reprit-il lentement, vous n'avez pas sauté hors de la voiture à cette simple pensée.

Leurs regards se croisèrent et, l'espace d'une seconde, Douglas se demanda si peut-être… Mais elle tourna la tête aussitôt pour fixer la route avec un rire désinvolte.

— Pourquoi le ferais-je ? Les gens vont à Gretna dans l'idée de se marier. Et je me sens parfaitement à l'abri d'un tel projet, avec vous.

Il fronça les sourcils. Certes, le mariage ne faisait guère partie de ses plans, et pourtant…

— Et pourquoi cela, je vous prie ? Aucun de nous n'a d'attaches. La notion n'est pas impossible.

— Mais hautement improbable, répondit Madeline en haussant les sourcils avec un sourire en coin, comme si elle pensait entendre une histoire particulièrement croustillante. À moins que je ne fasse erreur ? Avez-vous décidé qu'il était temps pour vous de convoler ?

— Non, reconnut Douglas avant de pouvoir s'en empêcher.

Il n'avait pas changé d'avis, loin de là, mais l'idée qu'elle puisse l'écarter si complètement l'irritait. Il était un excellent parti, après tout. S'il choisissait un jour de prendre une épouse, il trouverait une femme éligible en un tour de main. Madeline n'avait aucun droit de se sentir en sécurité avec lui ! Pas alors qu'il brûlait d'une intolérable passion pour elle. Une passion qui n'avait rien à voir avec le mariage, certes, mais elle aurait au moins dû avoir conscience des possibilités.

— Voilà pourquoi je ne suis pas inquiète, conclut-elle en frôlant sa main. Nous savons tous deux que vous n'êtes pas le genre d'homme à vous laisser passer la bague au doigt.

Douglas ruminait encore cette idée lorsqu'ils atteignirent leur destination et qu'il arrêta le carrick. Il s'efforça de chasser ces sombres pensées et sourit. Il n'allait tout de même pas laisser une conversation sur le mariage gâcher son excursion si soigneusement planifiée !

— Êtes-vous prête à vous mettre au travail ?

Elle tourna vers lui une mine perplexe. Le cabriolet avait fait halte à l'ombre d'un splendide verger et un domestique approchait avec des paniers.

— Quel travail ?

— La cueillette des cerises. Elles sont à point et nous avons les arbres rien que pour nous pour la journée !

Une expression de ravissement incrédule illumina le visage de Madeline.

— Des cerises ?

— Mon fruit préféré, précisa-t-il avec un large sourire, surpris de ressentir un tel soulagement en constatant le plaisir de la jeune femme.

Il bondit à terre et tendit la main pour l'aider à descendre du carrick.

— Je compte bien rentrer chez moi avec un plein seau ! Vous devrez donc ramasser votre propre part si vous ne voulez pas repartir les mains vides.

— Oh ! quel manque de galanterie ! le gourmanda-t-elle faussement avant de saisir le panier que lui proposait le domestique et de l'accompagner dans le verger.

Pendant plus d'une heure, ils cueillirent des cerises avec entrain. Douglas disposait les échelles contre les troncs, mais Madeline balayait d'un geste ses offres de l'aider à grimper. Quand elle le surprit à contempler ses chevilles d'un air appréciateur alors qu'elle montait, la jeune femme lui jeta des fruits jusqu'à ce qu'il batte en retraite sous un autre arbre.

— Pourquoi des cerises ? lui demanda-t-elle lorsqu'ils eurent rempli leurs paniers et troqué leurs échelles contre une nappe afin de profiter de leur pique-nique.

— Enfant, j'adorais chaparder dans les vergers, confessa-t-il en avalant l'une des petites baies rouges et juteuses. Les cerises ont toujours été mon péché mignon.

— Vous, un voleur !

Cette fois-ci, Madeline rit franchement.

— Je plaide coupable, gloussa Douglas, impénitent. Mais ma gourmandise m'empêche d'éprouver du remords. Vous n'êtes pas du même avis ?

Il choisit une cerise si mûre qu'elle était presque noire et la tint devant les lèvres de la jeune femme.

— J'en ai tant mangé que ma bouche risque fort de demeurer écarlate pour toujours, répliqua-t-elle.

Elle fit la moue pour illustrer son propos.

Douglas se figea, les yeux rivés sur ses lèvres. Troublé, il laissa le fruit lui échapper des mains et toucha le menton de Madeline du bout de l'index.

— Votre bouche est magnifique, murmura-t-il.

Madeline n'esquissa pas un geste, visiblement aussi

fascinée qu'il l'était lui-même. Il vit son expression changer subtilement, s'adoucir au point de paraître presque surprise. Lentement, il se pencha vers elle, prêt à reculer si elle montrait le moindre signe de refus. Mais au lieu de cela elle inclina le visage vers le sien et ses paupières papillonnèrent un instant avant qu'il l'embrasse.

Douglas avait l'impression d'être redevenu un garçon, le souffle coupé par l'excitation qui palpitait dans ses veines. Son cœur battait contre sa cage thoracique avec la force d'un maillet. Les lèvres de Madeline étaient si douces sous les siennes, aussi tendres que la chair des cerises. Lorsqu'elle les entrouvrit lentement, Douglas sentit un frisson le parcourir de la tête aux pieds. Elle se tourna pour s'enfouir dans son étreinte, les mains posées sur ses bras. Il enveloppa sa joue de sa paume chaude et intensifia leur baiser jusqu'à s'enivrer du goût de sa langue mêlé à celui des cerises.

Avec un léger gémissement, elle se coula contre lui et entoura son cou de ses bras. Elle n'émit aucune protestation lorsqu'il l'attira sur ses genoux ; au contraire, elle écarta les cuisses et le chevaucha, pressant son corps contre le sien et lui rendant son baiser avec une telle passion que Douglas craignit d'en perdre la tête. Aveuglé par son désir, il défit les boutons de sa pelisse, révélant sa peau de nacre à ses yeux affamés.

— Madeline, gronda-t-il en traçant des sillons de baisers ardents le long de sa gorge. Mon Dieu. Je ne puis penser à autre chose qu'à vous.

Elle s'arqua contre lui tandis qu'il lui ôtait sa pelisse.

— Comme une amie ?

Il grogna. La chair de la jeune femme était aussi alléchante que de la crème fouettée.

— Une amie et bien plus. Laissez-moi vous faire l'amour.

Elle se figea brusquement.

— Que voulez-vous dire ?

Douglas fit glisser un index le long de sa clavicule.

— Laissez-moi vous montrer.

Elle frémit.

— Comme vous aimez le montrer aux serveuses de tavernes et aux danseuses d'opéra ?

Il s'immobilisa à son tour.

— Attendez que je devine, reprit-elle. Elles jouent les filles effarouchées et coquettes. Elles minaudent et gloussent. Puis elles vous conduisent jusqu'à leur couche ou vous laissent les mener à la vôtre et faire d'elles ce qu'il vous plaît.

Elle secoua la tête, bien qu'elle soit toujours assise sur son bassin, haletante et irrésistiblement échevelée.

— Ces filles-là savent à quel point la dignité d'un homme est fragile. Elles soupirent et gémissent chaque fois que vous vous penchez sur elles et vous supplient de les laisser vous chevaucher sur une chaise.

— Qu'avez-vous contre les chaises ? répliqua Douglas d'une voix rauque de désir contenu.

Elle battit des paupières, l'unique signe que ses paroles l'affectaient.

— Rien. Mais je n'appelle pas cela « faire l'amour ». J'appelle cela « trousser ».

Douglas laissa sa paume glisser le long du dos de Madeline, l'imaginant nue contre lui.

— Le nom que l'on donne à la chose est-il réellement important si les deux parties en tirent une satisfaction des plus intenses ?

— C'est ce qu'elles vous disent… mais vous les payez grassement, n'est-ce pas ?

Il sourit et se pencha pour embrasser à nouveau sa gorge.

— L'argent n'a rien à voir avec cela.

Elle recula, hors de portée.

— En êtes-vous certain ?

— Bien sûr, répondit-il aussitôt.

Elle haussa les épaules.

— Dans ce cas, essayez. La prochaine fois que vous assoirez l'une de ces filles sur vos genoux dans l'espoir de passer un bon moment au lit, dites-lui que vous n'avez pas d'argent à lui donner. Racontez-lui que votre fortune a tourné et voyez si elle sera toujours aussi impatiente de vous conduire à sa couche.

Douglas grimaça, à moitié amusé et à moitié irrité face à pareille insistance.

— Je préférerais de loin que *vous* me montriez ce que « faire l'amour » veut dire.

Elle leva le menton. Le regard de Douglas s'attarda sur ses lèvres, rouges, pulpeuses et entrouvertes, telle une invitation.

— Essayez.

Il n'avait aucune envie d'asseoir une serveuse plantureuse sur ses genoux en cet instant, pas alors que Madeline consumait tout son esprit comme un feu embrase un toit de chaume. La simple pensée de l'embrasser jusqu'à ce qu'elle en oublie cette notion grotesque de différence entre « faire l'amour » et « trousser » suffisait à lui faire perdre la raison.

— Vous semblez terriblement sûre de vous, répondit-il en s'efforçant de demeurer concentré sur la conversation. Que seriez-vous prête à parier sur la question ?

Il sut, dès que les mots eurent franchi ses lèvres, que c'était une mauvaise idée. N'avait-il pas perdu chacun de ses paris contre elle ? Mais il était trop tard à présent et peut-être sa chance était-elle sur le point de tourner ? Il était plus que temps ! Il n'aimait guère le principe de pouvoir enfin la mettre dans son lit en gagnant un pari, mais en cet instant il se sentait suffisamment téméraire pour tout tenter.

La jeune femme carra les épaules et se mordit la lèvre. Un éclat doré embrasa ses prunelles. Descendant de ses genoux, elle le dévisagea de la tête aux pieds pendant un long moment. Son minutieux examen, lent et sans complexe, fit bouillir le sang dans les veines de Douglas.

Seigneur, comme il désirait cette femme ! Il serait prêt à parier jusqu'à son dernier sou pour la séduire.

— Si j'ai raison et qu'elle refuse de vous obliger, vous ne devrez plus m'adresser la parole, ni me rendre visite, ni rechercher ma compagnie de quelque façon que ce soit.

Douglas eut l'impression que tout son corps, jusque-là enflammé, gelait sur place. Il ne tenait pas du tout à accepter une telle chose !

— Pourquoi ?

— Pourquoi pas ? Si vous êtes certain que j'ai tort, pourquoi craindriez-vous que je gagne ?

Il n'aimait guère cela. Douglas ne pariait jamais plus qu'il ne supportait de perdre.

— Il faudrait une récompense extraordinairement tentante pour contrebalancer pareil préjudice.

— Hmm.

Elle inclina la tête, soudain pensive.

— Si vous gagnez… laissez-moi réfléchir. Qu'est-ce qui pourrait vous séduire ? Si vous gagnez…

Madeline rumina un long moment et l'imagination de Douglas s'emballa, son esprit s'embrasant de mille idées qu'il brûlait de gagner avec elle.

— Si vous gagnez, j'assumerai publiquement d'être l'autrice de mes écrits.

Chapitre 12

Douglas la dévisagea, un froid pénétrant lui glaçant les os. Comment diable… Malédiction, il n'aurait jamais dû lui offrir toutes ces plumes ! Il avait pourtant tout fait pour dissimuler sa curiosité au sujet de son extraordinaire commande de papier, mais de toute évidence il n'avait pas été aussi discret qu'il l'avait imaginé.

— Pardon ?

Il s'efforça de reprendre ses esprits.

— Quels écrits ? contra-t-il.

Mais la jeune femme tourna vers lui un regard presque réprobateur.

— Vous m'avez demandé si je comptais écrire un roman ou si j'imprimais mon propre journal. Je sais que vous me soupçonnez de quelque chose. C'est ce sur quoi vous avez parié, ce premier soir où vous avez recherché ma compagnie, n'est-ce pas ? Quelqu'un vous a mis au défi de découvrir mon secret.

— Non ! s'exclama-t-il d'un ton indigné. On m'avait mis au défi de vous inviter à danser.

Le pari en question n'était survenu qu'*après* leur première rencontre, aussi, ce qu'elle dénonçait n'était pas rigoureusement exact. Mais la jeune femme ne paraissait pas convaincue.

— Vraiment ?

Douglas sentit son visage chauffer douloureusement et il dissimula son embarras grandissant derrière un air offensé.

— Vraiment ! J'ignore de quoi vous parlez.

— Vous n'êtes pas réellement mon ami, si vous osez me mentir si facilement.

Madeline se leva et s'éloigna à grands pas.

Un terrible dilemme faisait rage dans la poitrine de Douglas, brutal et vif. Il se leva d'un bond.

— Si c'est vraiment l'enjeu sur lequel vous souhaitez parier, soit. Mais ce n'est guère quelque chose que j'ai à cœur de gagner.

— Tant mieux, car vous perdrez.

Le visage de la jeune femme était méfiant, mais tout son corps était aussi tendu que celui de Douglas.

À présent, il ne tenait plus du tout à faire ce pari. S'il perdait, il serait contraint de quitter sa vie pour toujours. S'il gagnait, son accord malsain et irréfléchi avec Spence serait dévoilé au grand jour. Spence était un scélérat ; il ne manquerait pas de plastronner une fois qu'il aurait mis la main sur la prime. Et si Douglas déclarait ne plus vouloir être mêlé à toute cette histoire Spence prendrait un malin plaisir à partager « le mérite » d'avoir résolu ce mystère. Alors Madeline découvrirait qui était réellement Douglas, ou du moins ce qu'il avait été : un joueur négligent qui pariait sur n'importe quoi sans songer aux conséquences pour les cibles de ses mises.

Par l'enfer. Quelle que soit l'issue, il allait la perdre.

— Oublions ce pari, rétorqua-t-il d'un ton abrupt. Je n'aurais jamais dû suggérer cela.

— Ah non ? contra la jeune femme, qui refusait toujours de le regarder dans les yeux. Vous avez peur de perdre.

Et tout aussi peur de gagner, songea Douglas.

— Vous n'aimez pas parier. Je n'aurais pas dû faire une telle proposition.

— Mais c'est votre façon habituelle de régler un différend, n'est-ce pas ? Nous allons donc tenir ce pari, comme vous le souhaitiez. Refusez-vous de me traiter avec le même respect que celui que vous témoignez aux autres gentilshommes qui se mettent au défi ?

Il y avait forcément une faille dans son raisonnement, mais Douglas était incapable de la voir. S'il acceptait tout serait perdu, et s'il déclinait elle ne cesserait de se demander pourquoi il avait fait marche arrière lorsqu'elle avait formulé les enjeux. Il se maudissait de ne pas être moins impulsif, plus circonspect.

— J'ai bien plus de considération pour vous que pour tous les hommes qui font des paris, répliqua-t-il d'un ton raide, mais si vous insistez, alors, nous avons un accord.

Tout l'éclat et toute la joie de leur sortie s'étaient évaporés. Le retour en ville à bord du cabriolet fut glacial, silencieux et pesant. Douglas cherchait à tout prix un moyen d'échapper à cette situation. Toute cette histoire lui avait paru si simple au début : révéler l'identité de la célèbre Lady Constance et tâcher de goûter à un échantillon de ses charmes en personne. Mais quelque part sur le chemin la nébuleuse, torride et énigmatique Constance s'était dissociée de la très concrète et fascinante Madeline. Douglas n'avait pas un instant songé aux sentiments de Constance, qui tentait le sort avec ses écrits scandaleux, mais Madeline… aujourd'hui, Douglas faisait grand cas de ses sentiments à *elle.* Et si les deux femmes s'avéraient être une seule et même personne… alors il ignorait comment résoudre ce casse-tête.

À Brunswick Square, la jeune veuve descendit sans attendre son assistance.

— Merci pour les cerises, dit-elle dans un murmure. C'était une charmante sortie.

Et la dernière…

Il se précipita derrière elle, sans même se soucier d'attacher la bride du cheval.

— Je cherchais seulement à vous faire plaisir, dit-il dans une ultime tentative pour la faire changer d'avis. Comme le ferait un ami. J'aimerais…

La jeune femme le fixa droit dans les yeux.

— Vous aimeriez que nous soyons plus que des amis.

Oui. Il rêvait de l'embrasser chaque fois que son regard glissait sur ses lèvres. Il rêvait de la serrer contre lui chaque fois que leurs mains se frôlaient.

— C'est vrai, admit-il, se moquant que sa voix soit aussi rauque et implorante.

Peut-être que s'il la suppliait elle accepterait de céder, d'oublier ce stupide pari. Il savait qu'il ne la laissait pas indifférente. N'avait-il pas prouvé qu'il était un homme décent et honorable ? Avait-il échoué à s'attirer ne serait-ce qu'une minuscule part de son affection ? L'idée qu'elle n'éprouve toujours pas le moindre sentiment pour lui effleura son esprit et Douglas sentit un étau glacé comprimer sa poitrine.

— Chaque jour, je cherche une excuse pour vous rendre visite. Je trépigne d'impatience à l'idée de participer à des bals fastidieux parce que je sais que je vous y croiserai. Vous m'avez envoûté, Madeline, et bien que je tienne à être pour vous un ami… je vous mentirais si je prétendais ne pas souhaiter bien plus que cela.

Pendant une seconde, Douglas crut avoir réussi. Elle entrouvrit ses délicates lèvres rouges, les yeux écarquillés de surprise. Il approcha de quelques pas et osa caresser le dos de sa main du bout des doigts. Il la vit resserrer sa poigne sur l'anse du panier.

— Me laisserez-vous une chance ? Oubliez ce pari. Vous ne pouvez réellement souhaiter que je disparaisse à jamais de votre existence…

Elle tressaillit et recula avec raideur.

— Vous vous défilez ?

Douglas serra le poing.

— Oui. À moins que vous n'insistiez.

— J'insiste, murmura-t-elle. Nous verrons bien ce que le sort décidera. Au revoir, Mr Bennet.

Douglas se retrouva debout sur le seuil, bouleversé, tandis qu'elle rentrait chez elle sans un mot. Lentement, il regagna le carrick et saisit les rênes du cheval, qui, par chance, n'avait pas pris la fuite. L'animal aurait pu galoper jusqu'à Islington sans qu'il s'en rende compte.

Par l'enfer. Comment pouvait-il éviter de perdre ce pari ? Pouvait-il simplement l'ignorer et ne jamais le réaliser ? Madeline avait pratiquement avoué être Lady

Constance, elle devait donc savoir ce qui l'attendrait si elle dévoilait publiquement son identité. Pourquoi diable avait-elle parié une telle chose ?

Parce qu'elle voulait qu'il quitte sa vie pour toujours.

« Vous ne devrez plus m'adresser la parole », avait-elle exigé.

Douglas n'aurait jamais imaginé que cette requête puisse être un coup si dur à encaisser. Plus encore que tous les uppercuts qu'il avait reçus au salon de boxe. N'était-elle pas heureuse en sa compagnie, aujourd'hui ? Peut-être ne l'estimait-elle pas suffisamment respectable pour l'épouser, mais ils auraient pu être amis…

Sauf que Douglas ne pouvait plus se contenter de son amitié. Plus que jamais, il brûlait de la prendre par la main, de voir son regard s'illuminer lorsqu'il entrait dans la pièce, de partager une plaisanterie qu'eux seuls comprendraient et de savoir que cela la ferait rire. Même s'il n'avait jamais le plaisir et l'honneur de l'embrasser, de la serrer contre lui ou de lui faire l'amour, cette expression d'espiègle ravissement qui se peignait sur ses traits délicats chaque fois qu'il disait une sottise lui manquerait terriblement.

Elle… lui manquerait terriblement.

Chapitre 13

Madeline traversa alternativement des phases de doute, de regret et de profonde détresse toute la journée. La supplique de Douglas avait bien failli avoir raison de sa résolution.

Il tient à toi, murmurait une petite voix dans sa tête. *Es-tu folle de te détourner d'un tel homme ?*

Mais sa conscience s'efforçait de se défendre :

Tout est un pari à ses yeux et dès qu'il aura obtenu ce qu'il désire il se désintéressera de moi.

Elle commençait à regretter d'avoir suivi le conseil de sa mère et chassé le jeune homme. Au lieu de lui apporter du réconfort, la réticence de Douglas à accepter cet impossible pari n'avait fait que lui déchirer davantage le cœur. Adossée contre sa portée d'entrée, un panier de cerises serré contre la poitrine, Madeline ne put qu'écouter le raclement métallique des roues du cabriolet s'éloigner en s'efforçant de réprimer l'âpre et pénible sentiment d'avoir commis une terrible erreur.

Ce test est primordial, se convainquit-elle. La théorie lui avait paru tellement plus facile et définitive lorsque sa mère la lui avait exposée… mais elle pourrait endurer cette épreuve. Elle le *devait,* car elle avait désespérément besoin de connaître les véritables intentions de Douglas. Toutes ces marques d'amitié n'étaient-elles destinées qu'à la séduire, à la mettre dans son lit, ou avait-il fini par s'attacher à elle ?

« Laissez-moi une chance », avait-il supplié.

Il avait même tenté de lui faire annuler le pari, ce qui allait à l'encontre de sa réputation de joueur indécrottable.

— Ressaisis-toi, siffla-t-elle entre ses dents.

Ses mains tremblaient en serrant l'anse du panier avec force. S'il avait cherché à se défiler, c'était pour empêcher le cœur et l'esprit de Madeline de se calmer et d'en arriver à la conclusion logique qu'il n'était pas fait pour elle.

Sa mère avait raison. Tant qu'il chercherait sa compagnie dans les bals, qu'il l'escorterait chez elle ou consentirait à de longues marches à travers Londres en plus de l'inviter à de délicieux pique-niques dans des vergers, Madeline demeurerait prisonnière de ce fiévreux accès d'attirance, de désir… et d'espoir. L'espoir qu'elle pourrait être celle qui le convaincrait de renoncer à ses mauvaises habitudes. L'espoir que sa gentillesse et sa générosité n'étaient pas un stratagème pour la séduire. L'espoir qu'elle n'était pas une énième idiote à sentir une nuée de papillons gonfler sa poitrine chaque fois qu'il croisait son regard et souriait.

— Tu n'es pas amoureuse de lui, se morigéna-t-elle dans un chuchotement furieux.

Non, elle était une femme raisonnable et saine d'esprit, pas une de ces écervelées qui perdaient la tête, ou leur cœur, pour un homme de la réputation de Douglas. C'était un séducteur, un joueur, un débauché notoire qui courtisait les femmes par caprice et les jetait sans un regard en arrière. Sa mère serait horrifiée de la voir succomber à un homme pareil.

Mais Adèle elle-même avait reconnu que sa propre détermination à quitter Canton s'était systématiquement étiolée dès l'instant où il était parti. Douglas pouvait-il être le même genre d'homme ? Elle ne l'avait pas chassé depuis une minute que déjà Madeline brûlait de traverser la rue en courant pour le retrouver et annuler ce stupide pari.

— Madame ?

La voix incertaine de Constance fit sursauter Madeline, qui poussa un petit cri et manqua de lâcher les cerises. Elle plaqua une paume contre sa poitrine, où son cœur semblait avoir bondi.

— Oui ?

La femme de chambre recula d'un pas.

— Une note pour vous, de la part de Mr MacGregor. Elle est arrivée pendant votre sortie.

— Oh.

Madeline fixa le papier que lui offrait Constance.

— Oui. Merci beaucoup.

Elle se souvint brusquement qu'elle avait rendez-vous avec Liam plus tard dans la journée. Tendant le panier de cerises à Constance, elle lut la note. Son ami lui demandait de décaler leur rencontre d'une demi-heure, ce qui lui convenait. Son cœur aurait de toute façon besoin de temps pour retrouver un rythme normal.

— Quelque chose ne va pas ? s'enquit Constance en l'observant d'un regard pénétrant.

— Tout va très bien. Pourquoi cette question ?

— Parce que vous venez de sursauter comme Mr Nash lorsqu'il reçoit une goutte d'eau sur la tête.

Constance examina les cerises avant d'ajouter :

— C'est Mr Bennet, je suppose… J'hésite à envoyer George lui donner une bonne correction.

— George ?

Madeline cligna des yeux, confuse.

— Je me suis dit qu'un valet de pied serait beaucoup plus utile qu'un cocher ou un majordome. Il serait à la maison la plupart du temps, ce qui serait fort pratique, même sans avoir besoin de calmer les ardeurs d'un certain gentilhomme.

Madeline lui lança un regard cynique.

— Vous vous êtes déjà lassée de Mr Steele ?

La bonne haussa les épaules.

— Les gages des valets de pied sont inférieurs à ceux des majordomes. Je me suis dit que George aurait de meilleures chances. Pas besoin qu'il soit grand, seulement fort. Je l'imagine avec des yeux sombres et des cheveux longs, dans lesquels une fille pourrait glisser les doigts…

— Et qu'est-ce qui vous fait croire que Mr Bennet a besoin d'une correction ? rétorqua Madeline, préférant ignorer les folles élucubrations de sa domestique au sujet de valets de pied non existants pour ôter sa pelisse.

Elle devrait se changer avant son rendez-vous avec Liam ; il y avait des taches d'herbe sur son jupon et du jus de cerise sur le corsage, là où Douglas l'avait embrassée…

— Vous êtes partie avec lui en fredonnant gaiement et vous rentrez à présent avec la mine d'une jouvencelle dont il aurait arraché et emporté le cœur.

Constance la dévisagea d'un air de reproche et reprit :

— Je sais que cela ne me concerne pas, mais…

— Non, en effet.

— Mais je mettrais ma main à couper qu'il vous a fait quelque chose de mal.

Madeline s'appuya contre un des piliers de l'entrée, manquant soudain de force. Qu'avait-il fait de mal ? Il lui avait donné envie de tomber amoureuse de lui.

— Tout cela ne vous concerne pas, répéta-t-elle à l'intention de la domestique, gentiment mais fermement. Je pense que nous ne verrons plus beaucoup Mr Bennet à l'avenir, vous n'aurez donc plus à vous en inquiéter.

— Dois-je faire paraître une annonce pour George, dans ce cas ? lança Constance tandis que Madeline gravissait rapidement l'escalier. Ou Mr Steele ?

— Non !

Après cela, Madeline s'efforça de ne plus songer à Douglas. Elle rédigea une missive pour sa mère lui contant tout ce qui s'était produit et espéra qu'Adèle la conforterait dans sa décision. Puis elle envoya Constance porter la note et se força à terminer son récit pour Liam. D'ordinaire, elle éprouvait du plaisir et de la fierté à l'ouvrage, mais pas aujourd'hui. Elle se demandait comment Douglas en était venu à la soupçonner d'écrire pour l'*Intelligencer*…

Liam était le seul au courant. Constance s'en doutait probablement, même si Madeline ne lui en avait jamais ouvertement parlé. Mais Douglas avait semblé si coupable lorsqu'elle avait proposé d'assumer publiquement d'être l'autrice de ses écrits. Il avait forcément parié à ce sujet ; et c'était peut-être même l'unique raison pour laquelle il lui avait témoigné de l'attention. Mr Nash bondit sur le bureau et marcha en travers de la page.

Madeline le disputa, mais abandonna rapidement pour lui caresser le dos.

— Oh ! Mr Nash, dites-moi que j'ai bien fait.

Le félin s'assit devant elle, sur sa feuille, et la contempla en ronronnant bruyamment. Avec un sourire exaspéré, Madeline le prit dans ses bras et plongea le visage dans son pelage noir et blanc.

— Malgré tout, je regrette ce que j'ai fait.

À 4 heures, elle gagna la Wharton's Bank, qu'elle atteignit après une courte promenade à pied. Liam l'attendait, bien installé dans son large fauteuil.

— J'espère que vous n'avez pas trop patienté, s'excusa-t-elle en prenant le siège en face du sien avant de déposer un paquet sur la table entre eux.

— Non.

Liam l'étudia avec attention avant d'ajouter :

— Quand nous avons entamé ce… partenariat, combien de temps pensiez-vous qu'il durerait ?

Elle haussa une épaule.

— Aussi longtemps qu'il serait profitable. Peut-être un mois, peut-être des années.

— Cela fait presque un an. L'arrangement vous convient-il toujours ?

Une quinzaine plus tôt, Madeline aurait accueilli sa question avec un rire moqueur. Mais aujourd'hui elle parvint à peine à articuler un « oui » indifférent.

Cependant, le sens de l'observation de Liam était implacable et il plissa les yeux.

— Garder ce secret n'est-il pas devenu un fardeau trop lourd au fil du temps ? Êtes-vous lasse de côtoyer la haute société dans le seul but de rapporter ses indiscrétions ?

Madeline soupira.

— Si vous avez une demande à me faire, soyez direct, je vous prie.

— Me préviendrez-vous si vous décidez d'épouser Douglas Bennet ? L'*Intelligencer* aurait vraiment besoin de recevoir la primeur de la nouvelle.

Madeline sursauta.

— Épouser… ? Où diable êtes-vous allé chercher pareille idée ?

— L'un des plus beaux partis de la haute société, qui évitait jusque-là tous les bals respectables où les tables de jeu ne rivalisaient pas avec celles d'un tripot, s'y présente désormais régulièrement et avec le sourire. Il fend la foule sans un regard pour quiconque d'autre que vous et passe la soirée à vos côtés. Il vous raccompagne chez vous, vous escorte à travers toute la ville.

Liam haussa un sourcil, puis conclut :

— Quelle idée pensiez-vous que cela donnerait ?

Madeline serra les mains sur ses genoux.

— Mr Bennet n'est pas le genre d'homme à se laisser entraîner dans le mariage.

— C'est ce que déclarent tous les hommes naïfs avant de rencontrer la femme qui causera leur perte, assura Liam en riant.

Un frisson d'envie parcourut Madeline.

— Quoi qu'il en soit, il n'envisage guère d'union. Et j'ai pris des mesures pour me débarrasser de lui.

Prononcer ces quelques mots lui infligea une douleur si vive qu'elle en était presque physique.

— Vous m'aviez déjà dit cela il y a plusieurs semaines. Soit vous n'étiez pas sérieuse, soit vous aviez sous-estimé l'intérêt qu'il vous porte.

— Il me soupçonne d'écrire pour vous, le coupa-t-elle d'un ton cassant. Son objectif pourrait être de dévoiler mon identité.

Si Madeline ne trouvait pas un moyen de détourner l'attention de Liam, l'homme ne tarderait pas à découvrir qu'elle mentait sur les deux fronts : elle n'avait aucune envie de se débarrasser de Douglas et une part d'elle-même continuait à espérer que son inclination pour elle était sincère… et même plus grande qu'elle ne l'imaginait.

Liam bondit de sa chaise.

— Comment diable…

— Je l'ignore.

Elle appuya sur sa tempe d'une main avant d'ajouter :

— Vous pouvez donc me croire lorsque je vous assure que je fais mon possible pour le repousser.

Liam s'approcha d'elle et s'agenouilla à ses côtés.

— Madeline. Je peux envoyer quelqu'un s'en charger. Je vous avais demandé de me laisser gérer cela.

La jeune femme reposa la main et Liam étudia longuement son expression. Au bout d'un moment, les épaules de l'homme s'affaissèrent.

— Dites-moi que vous n'êtes pas éprise de lui.

Elle eut un rire amer. Comment avait-elle pu penser un instant dissimuler cela à Liam ?

— Je m'efforce de lutter contre mes sentiments.

Il baissa la tête et soupira.

— Et vous échouez lamentablement, je suppose…

Il couvrit ses mains des siennes et reprit :

— J'aurais dû le faire ligoter et jeter au fond de la Tamise.

— Ne soyez pas ridicule.

Madeline se leva et lissa sa pelisse.

— J'ignore s'il oserait dévoiler mon identité, mais je dois agir avec prudence. Sans doute vaudrait-il mieux que cette publication soit la dernière avant un moment.

Elle désigna le paquet scellé sur la table.

— Oui, vous avez raison.

Il se releva à son tour et fourra le rapport dans sa poche.

— Ma mère sera inconsolable si nous vous perdons de façon permanente.

— Elle semble pourtant avoir accès à une grande quantité de potins sans mon aide, contra Madeline d'un ton acerbe.

Liam lui adressa un clin d'œil.

— Ce n'est jamais assez. Pour ma santé mentale, faites en sorte que Bennet ne vienne pas tout gâcher.

La jeune femme ne daigna même pas répondre à cela. L'avis de Liam comptait beaucoup pour elle, mais il laissait trop souvent l'*Intelligencer* le consumer. Évidemment qu'il aurait aimé que la situation de Madeline ne change jamais ! Qu'elle demeure une dame réservée, distante et libre de passer son temps à collecter des ragots pour son journal. Cela ne signifiait pas pour autant que ses conseils étaient mauvais, mais la jeune femme jugeait préférable d'en faire fi. Liam était son ami, non son père ; que savait-il de ses rêves et de ses espoirs ? Elle-même ignorait ce qu'elle désirait vraiment.

La réponse de sa mère, qui l'attendait chez elle, ne fit qu'accroître son insatisfaction. Adèle la confortait dans ses décisions et jurait que sa mélancolie actuelle la mènerait à un bonheur bien plus pérenne.

Ce n'est que lorsque vous connaîtrez ses véritables intentions que vous pourrez choisir la voie à emprunter, écrivait-elle.

Madeline soupira à la lecture. Comme il était aisé pour sa mère de tenir ce genre de discours, elle qui jouissait de la dévotion d'un homme stable et passionné ! Elle n'avait probablement jamais douté qu'il reviendrait auprès d'elle, peu importait le nombre de fois où elle le chasserait. Si seulement Madeline avait pu nourrir de telles certitudes avec Douglas…

Ce fut à cet instant qu'elle reconnut sa défaite. Elle voulait qu'il revienne. Et si, une fois qu'il aurait perdu son pari, et Madeline était absolument sûre que ce serait le cas, il la quittait comme elle le lui avait demandé… sans aucune envie de revenir auprès d'elle ? Elle s'était battue à son propre jeu en imaginant un plan capable de la débarrasser de l'homme qui avait volé son cœur.

Si seulement elle s'en était rendu compte plus tôt…

Chapitre 14

Douglas parcourut le pub d'un regard sombre. C'était l'un de ses établissements favoris, où les femmes étaient amicales et la bière forte. Mais ce soir il avait l'impression de se trouver aux portes de l'enfer.

C'était comme si plusieurs jours, au lieu de quelques heures, s'étaient écoulés depuis qu'il avait fait ce maudit pari avec Madeline. Il avait passé tout ce temps à chercher une parade, une faille. S'il n'entrait plus jamais dans un seul pub, il pourrait toujours dire que la question demeurait en suspens, qu'il n'y avait ni vainqueur ni vaincu. Il pourrait continuer à la voir… sans cesser de se demander pourquoi elle avait tenu à se débarrasser de lui.

N'avait-elle que toléré sa présence jusque-là ? Avait-il perdu son talent avec les femmes au point de se méprendre sur chacun de ses soupirs, de ses sourires, et même sur ce baiser… ce baiser qui menaçait de le tourmenter pour le restant de ses jours ? Finalement, désespéré et à court d'options, il avait décidé d'en finir.

Comme d'habitude, il venait à peine de trouver un fauteuil lorsqu'une jeune femme rechercha sa compagnie.

Amy, un joli brin de fille aux cheveux fauves, s'empressa de le saluer :

— Mr Bennet ! Ça faisait longtemps qu'on ne vous avait plus vu ici ! Je ne vous ai donc pas manqué ?

— Tu me manques en ce moment même, Amy ! lança un autre type à la table voisine. Que dirais-tu de venir par là pour me souhaiter la bienvenue ?

La fille fit la moue et lui tourna le dos tandis que les acolytes du malotru hurlaient de rire.

— Ne faites pas attention à eux, suggéra-t-elle à Douglas en s'asseyant sur ses genoux. Ces hommes-là sont de vrais débauchés.

Douglas sentit son estomac se serrer.

« Les débauchés sont foncièrement malhonnêtes. »

Valait-il vraiment mieux qu'eux ?

— Amy.

Elle s'installa confortablement contre lui, enlaçant son cou de ses bras.

— Oui, mon beau ? Aimeriez-vous que nous montions pour discuter un peu plus tranquillement ?

Il détourna la tête lorsqu'elle joua avec ses cheveux et esquiva sa tentative pour l'embrasser.

— Dans un instant, peut-être… Amy, ces moments que nous passons à l'étage, que sont-ils pour toi ?

— De très bons moments ! gloussa-t-elle.

Elle faufila une main sous son gilet et taquina ses abdominaux à travers sa chemise. Douglas y prêta à peine attention, ce qui était étrange. D'ordinaire, il aimait les femmes avec de l'audace et Amy n'en manquait pas. Chaque fois qu'il lui avait proposé d'essayer de nouvelles choses, elle avait accepté avec entrain. Ils avaient eu quelques soirées remarquables.

Mais aujourd'hui... les paroles de Madeline résonnaient dans son esprit. Quel stupide pari ! Il ne pouvait supporter de perdre et n'avait cependant aucune envie de gagner. S'agitant sur sa chaise, il coinça la main d'Amy sous son gilet.

— Amy, tu m'adores, n'est-ce pas ?

Elle le dévisagea un instant, puis sourit... avec coquetterie, comme l'avait prédit Madeline. Bon sang !

— Bien sûr que je vous adore ! Un homme beau et musclé comme vous, et si séduisant en plus.

Elle plongea les doigts dans la chevelure de Douglas.

— À quel point ? insista-t-il, même s'il commençait à se sentir idiot de poser de telles questions.

À cet instant, il remarqua trois autres serveuses charmant ouvertement leurs clients. Douglas n'était pas dupe au point de ne pas reconnaître que ces filles songeaient forcément aux cadeaux que ces hommes leur offriraient après une nuit de plaisir. Douglas était toujours généreux avec ses partenaires, mais pour lui c'était surtout dû à ce rare sentiment de plénitude qui envahissait un homme après l'amour. Madeline avait donc partiellement raison. Mais il demeurait persuadé que les femmes étaient heureuses de passer du temps avec lui, argent ou non.

— Hmm, vous avez quelque chose de particulièrement osé en tête, ce soir ?

Amy libéra sa main de son gilet et se mit à tirer sur sa cravate.

— Qu'est-ce que c'est ?

— C'est…

Mais sa voix s'éteignit. Il n'avait vraiment aucune envie de suivre Amy à l'étage. Pas alors que son esprit était obnubilé par Madeline, par ses yeux bruns qui le taquinaient, le méprisaient ou scintillaient d'or chaque fois qu'il parvenait à susciter son ravissement.

— C'est juste que je n'ai plus d'argent.

Les mains d'Amy se figèrent.

— Plus du tout ?

— Non, mentit-il. Mon père m'a coupé les vivres. Je n'aurai plus un sou avant plusieurs mois, je ne pourrai donc rien te donner comme je le faisais jusque-là.

Amy le dévisagea à nouveau, mais cette fois ses prunelles bleues s'obscurcirent.

— Tu veux bien monter avec moi quand même ?

Amy se mordit la lèvre et jeta un coup d'œil par-dessus son épaule.

— Eh bien…

— C'est un « non » ?

La demoiselle semblait partagée.

— Vous êtes très gentil, Mr Bennet, vraiment. Plus que la plupart des hommes ! Mais il est tard et si je pars avec vous…

— Ce sera du temps perdu pour toi puisque je ne pourrai rien te donner après, c'est cela ? conclut-il lorsqu'elle se tut.

— Pas perdu, le corrigea-t-elle rapidement. C'est juste que je… j'ai du travail, ici ! Je risque ma place si je ne fais pas le service et le ménage.

Cela ne l'avait jamais dérangée auparavant, lorsqu'elle

l'avait conduit à l'étage sans un regard en arrière. Douglas la laissa descendre de ses genoux.

— Je comprends.

Il vit le soulagement détendre les traits d'Amy.

— Je savais que vous ne m'en voudriez pas. Mais si jamais votre chance tourne… je ne bouge pas d'ici.

Elle saisit une chope vide sur la table voisine et se dirigea vers le bar, ses boucles fauves flottant derrière elle dans sa hâte de s'éloigner.

Douglas poussa un profond soupir. Dieu merci. Il n'éprouvait aucun désarroi, aucun regret de se trouver privé d'une soirée avec Amy, pas même un soupçon d'indignation pour s'être si spectaculairement fourvoyé. Pendant un long moment, le seul sentiment qui domina son esprit était le soulagement : il était heureux qu'Amy ait rejeté son offre de l'accompagner à l'étage.

Mais il déchanta soudain lorsqu'il se rappela le prix de sa défaite : la perte définitive de la compagnie de Madeline. Quelle erreur monumentale ! L'unique point positif était que Madeline n'aurait pas à dévoiler son identité et à détruire sa réputation. Il n'était toujours pas certain qu'elle était Lady Constance ; elle avait offert d'assumer publiquement d'être l'autrice de ses écrits, sans jamais mentionner explicitement *50 façons de pécher*. Mais au moins elle ne serait pas forcée de se plier à cette condition, puisqu'elle avait gagné.

Douglas repoussa son siège et se leva avec l'impression que toute la partie haute de son corps était engourdie. L'air frais nocturne lui fouetta le visage lorsqu'il franchit la porte du pub. Pendant plusieurs minutes, il avança sans réfléchir, sans même voir où il allait. Il avait perdu et l'honneur exigeait qu'il reconnaisse sa défaite et paye son dû. Aux abois, il projeta un caillou du bout du pied. Pourquoi avait-il cédé à la tentation de parier contre elle ?

Parce qu'il n'était qu'un idiot ! Suffisamment bête pour mettre en jeu ce qu'il ne supporterait pas de perdre. Si seulement il s'en était rendu compte plus tôt…

Douglas bifurqua sur Gower Street sans savoir ce qu'il ferait une fois qu'il arriverait chez elle. Il parcourut le demi-mile qui le séparait de Brunswick Square en un clin d'œil et se retrouva sur le perron de sa demeure, à lever le nez vers ses fenêtres. Il y avait encore de la lumière à l'étage. Il imagina Madeline dans sa chambre, ses courbes généreuses drapées dans une charmante chemise de nuit en dentelle, ses cheveux dénoués tombant sur ses épaules telle une cascade de soie, ses prunelles tendres s'embrasant en le voyant…

Mais tout cela n'adviendrait jamais. Son penchant malsain pour les paris l'avait finalement bel et bien ruiné en le privant de la chose la plus précieuse au monde.

— Enfer et damnation, murmura-t-il en fermant les yeux, furieux contre lui-même.

Puis, l'air grave, il carra les épaules et abattit le heurtoir. Il était tard et le fracas de métal résonna dans toute la rue. Ce ne fut qu'au bout de plusieurs minutes qu'il entendit le verrou cliqueter. La porte s'ouvrit.

— Douglas…

Elle leva une lampe qui inonda son beau visage d'une lueur dorée, presque angélique. Douglas la dévisagea avec envie. Sa chemise de nuit n'était pas en soie et dentelle, mais tissée d'un solide coton et boutonnée jusqu'au cou... et pourtant c'était la vision la plus séduisante qu'il ait contemplée de toute sa vie. Ses cheveux tombaient sur ses épaules comme il l'avait imaginé, ambrés comme du miel dans la douce clarté de la lampe.

Mais les yeux de la jeune femme étaient écarquillés de surprise et non attendris par sa présence... d'ailleurs, elle avait à peine entrouvert la porte, comme si elle craignait qu'il ne bondisse à l'intérieur.

Douglas prit une profonde inspiration.

— Je suis venu vous annoncer que vous avez gagné notre pari.

Madeline cilla.

— Vous aviez entièrement raison : mon charme dépendait uniquement de l'épaisseur de mon aumônière, poursuivit-il tel un pénitent se flagellant en public. Si j'étais falotier, j'ose dire que j'ignorerais encore comment embrasser une femme et n'imaginerais même pas en « trousser » une, selon vos propres termes. Vous m'avez permis de dissiper les illusions dont je me berçais si arrogamment et je reconnais humblement votre victoire.

Il serra la mâchoire en songeant aux prochains mots qu'il devait prononcer, mais se força à conclure :

— Je suppose donc que c'est également un adieu, puisque j'ai juré de déserter définitivement votre vie. Je ne puis promettre que nos chemins ne se recroiseront pas au hasard d'une soirée ou d'un bal, mais vous avez ma parole : je ne vous approcherai plus et ne parlerai plus que pour vous adresser les politesses de mise.

Il hésita, osant espérer, mais elle se contenta de le

fixer, bouche bée d'étonnement. Douglas s'inclina avec raideur.

— Adieu, Madeline. Je vous souhaite tout le bonheur que vous méritez.

Chapitre 15

Madeline se demandait si elle s'était cogné la tête sans s'en rendre compte. En ouvrant la porte, elle avait aussitôt ressenti un immense élan de joie : Douglas était venu lui annoncer que ce pari n'avait plus aucune importance, car il était amoureux d'elle. Au lieu de cela… il lui concédait la victoire. Et partait.

— Qu'avez-vous fait ? balbutia-t-elle.

— J'ai suivi vos instructions. J'ai assis une serveuse sur mes genoux et je lui ai demandé si elle accepterait de partager ma couche, même si je n'avais pas un penny à lui offrir.

Idiote !

L'idée lui traversa l'esprit avant qu'elle ne puisse la retenir.

— Je suis navrée que cela vous ait coûté une nuit de plaisir.

Le regard sombre de Douglas glissa sur les lèvres de Madeline. Il était presque ténébreux ce soir ; son charmant entrain et sa gaieté naturelle l'avaient quitté.

— Il n'en est rien.

Madeline rougit. Évidemment.

— Vous m'en voyez soulagée, répliqua-t-elle d'un ton caustique.

— Vous aviez raison sur tout. Je n'avais même pas envie de sa compagnie. Je m'en suis rendu compte dès qu'elle s'est assise sur mes genoux, car je voulais désespérément qu'elle soit quelqu'un d'autre.

Il leva les mains en signe de reddition totale avant de terminer :

— Mais cette personne ne m'enlacera jamais, puisqu'elle ne souhaite plus jamais croiser ma route.

Et sans rien ajouter il se détourna et s'éloigna à grands pas, le claquement définitif de ses bottes à chacun de ses pas faisant tressaillir Madeline.

La jeune femme sentit l'air glacial de la nuit emplir tout son être lorsqu'elle comprit que Douglas Bennet sortait à jamais de sa vie. Ses doigts tremblaient en serrant l'anse de sa lampe. Elle ne voulait pas qu'il parte. Tout ça à cause d'un stupide pari ! Oui, elle avait souhaité mettre son honneur au défi et sur l'instant cela lui avait paru la meilleure option. S'il cessait de lui rendre visite ou de rechercher sa compagnie, alors elle n'aurait plus à songer aux sentiments de plus en plus puissants qu'il éveillait chez elle. Elle n'aurait pas besoin de reconnaître qu'il hantait ses pensées. Qu'il savait la faire rire comme personne. Qu'elle mourait d'envie de se jeter dans son étreinte et de le laisser lui faire l'amour chaque nuit jusqu'à la fin de ses jours.

Soudain, il ralentit.

Venait-elle de murmurer son prénom ?

Son écho semblait résonner dans le silence froid et

nocturne, mais Madeline était incapable d'en être sûre. Dans le cercle de lumière dorée d'un réverbère, Douglas s'arrêta. Le cœur de Madeline bondit dans sa poitrine. Muette, elle saisit la poignée de la porte quand il tourna les talons et croisa son regard. Pendant de longues minutes aussi vacillantes que la flamme de sa lampe, ils demeurèrent figés, se fixant sans un mot. Puis brusquement il revint vers elle.

— Vous m'avez appelé, dit-il.

Elle s'humecta les lèvres.

— Ne soyez pas ridicule. Je n'ai rien dit.

— Évidemment. C'est inutile, car vous savez exactement ce que je ressens, ce que je pense et ce que j'ignore.

Il gravit à nouveau les marches de son perron.

— Je n'ai jamais prétendu cela !

Il se tint devant elle et poussa lentement la porte jusqu'à l'ouvrir complètement, la forçant à lui faire face.

— Soit. Alors ne dites plus rien pour l'instant.

Et sur ces paroles il s'approcha de Madeline, inclina tendrement son menton et l'embrassa. Les lèvres de Douglas étaient douces, caressantes, séduisantes. Sa bouche était chaude et, lorsqu'il taquina la commissure de ses lèvres du bout de la langue, Madeline s'abandonna volontiers à ce baiser avec un gémissement de bonheur. C'était une étreinte affamée, comme s'il craignait qu'elle ne soit la dernière et comptait bien en savourer chaque instant.

Mais Madeline l'avait repoussé une fois et elle ne referait plus cette erreur. Elle enlaça son cou et se pressa tout contre lui, manquant de lâcher sa lampe. Douglas interrompit leur baiser. Il resserra les bras autour de sa taille avec force, l'attirant contre son torse avant de poser le front contre le sien. Ses épaules se soulevaient au rythme saccadé de sa respiration.

— Pardonnez-moi, souffla-t-il, ses mots brûlants contre ses lèvres. Pardonnez-moi de m'être conduit comme un imbécile lorsque nous nous sommes rencontrés. Pardonnez-moi de vous avoir contrariée au point que vous vous sentiez contrainte de m'imposer ce pari pour vous débarrasser de moi. Quant à moi, je ne pourrai jamais me pardonner de n'avoir que ce souvenir de vous, Madeline, car je crains de repartir en laissant mon cœur entre vos mains.

Sa bouche captura à nouveau la sienne avant qu'elle puisse prononcer un mot... Madeline sentit ses genoux fléchir et sa peau s'embraser. Elle ne voulait pas se débarrasser de lui. Elle avait besoin de lui. Il l'exaspérait, la poussait à se surpasser et la faisait parfois rire aux pires moments. Elle rêvait de se nicher contre lui et de le rendre fou de désir pour elle, jusqu'à lui faire oublier toutes les femmes qu'il avait un jour enlacées. Ce ne serait que justice, puisque aucun autre homme ne pourrait jamais dominer ses pensées et son cœur comme le faisait Douglas Bennet.

Sa mère lui avait donné un excellent conseil. Madeline avait chassé Douglas. Il avait admis ses torts, reconnu sa défaite et accepté de la laisser en paix. Il s'était conduit honorablement. Lorsqu'il la libéra enfin et s'apprêta à faire demi-tour, elle murmura d'un souffle languide :

— Non.

N'arrêtez pas. Ne partez pas. Ne me laissez pas.

— Non ? répéta-t-il, confus.

Elle caressa ses lèvres du bout des doigts.

— Ne partez pas.

Il se figea un moment, avant de répondre :

— Si je reste, Madeline, ce ne sera pas pour une nuit. Je veux revenir demain. Je veux danser avec vous à tous les bals de Londres, vous raccompagner le soir et vous faire l'amour jusqu'au matin. Ne me demandez pas de rester si ce n'est pas ce que vous souhaitez, vous aussi.

Madeline acquiesça. Elle était incapable de trouver les mots. Son discours et ses baisers avaient embrasé un tel désir en elle qu'elle peinait à respirer. Sans rien ajouter, il saisit la lampe qu'elle tenait toujours entre ses doigts tremblants et l'accrocha au mur. Puis il la souleva délicatement et sans effort, et la porta dans la maison. Il ne relâcha pas son étreinte une seule seconde tandis qu'il claquait l'huis et replaçait le verrou.

— Où est votre chambre ?

— La porte de gauche, en haut des marches.

Madeline resserra les bras autour de son cou, frémissant d'excitation quand elle sentit les muscles de Douglas se tendre sous ses paumes. Elle déposa un baiser langoureux sur sa joue et fut récompensée lorsqu'un grondement de désir naquit dans la gorge de Douglas. D'un geste rapide, elle repoussa le haut-de-forme de l'homme qui se ruait dans l'escalier et enfouit les doigts dans sa chevelure soyeuse.

Il traversa la maison comme s'il était déjà venu des centaines de fois, ouvrit la porte de son boudoir de l'épaule et la referma du pied. Puis il tourna le visage vers elle et l'embrassa avidement en la déposant sur le sol. Entre deux baisers affamés, ils entreprirent de déshabiller Douglas.

Tissu après tissu, ses vêtements s'éparpillèrent à travers la pièce jusqu'à ce qu'il passe sa chemise par-dessus sa tête, dénudant son torse sculpté. Madeline poussa une exclamation émerveillée et Douglas s'écarta d'un pas.

— À votre tour, déclara-t-il dans un murmure de velours.

Elle sentit son visage s'enflammer, mais ce n'était pas de l'embarras. Sans un mot, elle déboutonna sa chemise de nuit et la laissa tomber. L'air frais taquina sa peau nue et elle en eut la chair de poule, pourtant elle était bouillante, fiévreuse. Douglas serra les poings, les abdominaux tendus. Il la dévorait d'un tel regard que Madeline pouvait presque sentir la brûlure de ses prunelles avides.

— Souhaitez-vous que je sois doux ? demanda-t-il d'une voix rauque. Que je prenne mon temps ?

— Non, s'il vous plaît, parvint-elle à prononcer avant qu'il ne l'attire contre lui et ne scelle leurs lèvres dans un baiser enivrant.

Madeline plongea les doigts dans sa crinière soyeuse, se pressant contre lui sans retenue. Douglas laissa ses mains glisser jusqu'au bas de son dos et souleva ses fesses tandis qu'elle refermait les cuisses sur sa taille. Il gémit et s'arqua contre elle, et Madeline hoqueta, le souffle coincé dans la gorge. Le pantalon desserré de Douglas pendait autour de ses hanches et Madeline pouvait sentir son membre, rigide et charnu, à travers le tissu. Sans le vêtement, Douglas serait déjà en elle. Non, elle n'avait guère besoin qu'il soit doux ni qu'il prenne son temps.

— Dieu soit loué. Je crains d'avoir épuisé mon flegme de gentilhomme.

Il la porta jusqu'à la méridienne et l'allongea sur le dos, juste sous lui. Puis il se débarrassa de son pantalon et s'agenouilla entre ses cuisses.

— Vous avez bien failli me rendre fou, aujourd'hui.

Madeline gloussa, car c'était exactement l'impression qu'elle avait en cet instant… celle d'être sur le point de perdre la tête. Elle se cambra de délice lorsque les paumes brûlantes de Douglas parcoururent son corps. Ses doigts remontèrent jusqu'à ses côtes et elle se tortilla sous ses caresses. Il enveloppa sa poitrine de ses mains et Madeline cessa de respirer. Elle le vit se pencher sur elle et gémit de plaisir quand il saisit la pointe rose de son sein entre ses dents et manqua de la faire basculer dans l'extase. Lorsqu'il inclina la tête et se mit à tracer un sillon ardent de son mamelon à son bas-ventre avec le bout de la langue, Madeline tressauta et enfouit les mains dans ses cheveux.

— Laissez-moi goûter à votre peau, murmura-t-il en attrapant ses poignets pour l'empêcher d'interférer.

— Douglas, gémit-elle, juste avant que la bouche de celui-ci ne plonge entre ses cuisses.

Un cri de ravissement jaillit de la gorge de la jeune femme, qui se tortilla sous ses assauts voluptueux, mais Douglas la tenait avec fermeté, plaquant ses jambes contre la méridienne avec ses épaules. Madeline était sans défense face au plaisir indescriptible qu'il se délectait de lui accorder.

Puis soudain il se redressa.

— Vous êtes encore plus délicieuse que des cerises, gronda-t-il dans un râle presque bestial. Et si prête…

— Oui.

Madeline brûlait d'un tel désir qu'elle en aurait pleuré.

— Oui, répéta-t-elle.

Il sourit, crispé et victorieux.

— Je suis à vos ordres, mon aimée.

Et il la pénétra. Profondément. Puissamment.

Madeline poussa un cri d'ivresse. Douglas frémit, serrant les hanches de la jeune femme contre les siennes. Ils étaient tous deux trop fiévreux et impatients pour laisser place à beaucoup de tendresse. Leurs ébats, brutaux et primaires, firent trembler la méridienne et prirent fin en quelques instants, les laissant tous les deux pantelants et comblés.

— Je savais que vous seriez une amante pleine de feu.

Il déposa un long baiser sur l'épaule de Madeline.

— C'est entièrement votre faute, contra-t-elle avec un sourire essoufflé.

Il la contempla avec une féroce satisfaction.

— Tant mieux.

Il plongea sur sa poitrine et fit courir sa langue autour de son mamelon dressé.

— Je veux vous rendre folle de désir.

— J'aimerais vous toucher.

Madeline tendit les mains vers lui et caressa son visage.

— Avec plaisir. Je pense avoir enfin repris le contrôle de mes pulsions.

Madeline rit et enlaça son cou pour un nouveau baiser, encore plus intense et dévorant que les précédents. Douglas lui pétrit les hanches puis, avec une aisance déconcertante, la souleva de la méridienne. Elle s'agrippa à lui tandis qu'il la portait jusqu'au lit, dans la pièce voisine. Madeline s'enfonça dans le matelas lorsqu'il se pressa contre elle avec tendresse.

— J'ai rêvé de laisser mes paumes courir sur votre corps dès l'instant où j'ai posé les yeux sur vous, ce premier soir, susurra-t-il en s'allongeant sur le dos. Je suis vôtre.

Madeline se redressa. Douglas semblait emplir son lit, ses puissants bras écartés, ses jambes musclées étendues de chaque côté. Sa peau paraissait sombre sur les draps blancs, ses cheveux auburn presque noirs. Madeline fit glisser sa main le long de son torse jusqu'aux aplats de son ventre.

— Tout entier ?

— Et plus encore.

Il tendit la main et lui caressa un sein jusqu'à lui tirer un gémissement. Elle arqua le dos.

— Hmm.

Elle s'assit alors sur lui, plaçant les hanches directement sur les siennes. Douglas ferma les yeux de délectation, mais il continua de jouer avec la pointe dressée de sa poitrine. Madeline ondula du bassin, lui arrachant un grognement et un mot si vulgaire qu'elle éclata de rire.

— Quel langage ! chuchota-t-elle en se penchant sur lui jusqu'à ce que ses seins se pressent contre ses abdominaux et qu'elle sente son érection contre ses côtes.

Elle taquina ses pectoraux du bout de la langue et en mordilla l'extrémité dure.

— Dieu tout-puissant…

Il agrippa les draps avec tant de force que Madeline vit ses biceps enfler sous l'effort.

— Cela vous plaît ?

Elle effleura sa peau de ses dents à nouveau, cette fois au niveau de la zone plus tendre, sur le côté de son buste.

— Oui.

La voix de Douglas était rauque, tendue.

Elle gloussa doucement et inclina la tête, goûtant sa chair. Il lui parla, mais Madeline ne prêtait guère attention à ses paroles ; c'était son ton, pressant et éraillé, qui faisait bouillir son sang et palpiter son cœur. Elle était émerveillée d'avoir réussi à lui résister pendant si longtemps, car en cet instant elle ne désirait plus qu'une seule chose : partager sa couche avec lui jusqu'à la fin de sa vie.

Il faillit bondir du lit lorsqu'elle fit glisser son pouce sur le sommet de son membre, à nouveau dressé et prêt à lui infliger mille tourments exquis.

— Je ne tiens plus. J'ai besoin de vous contempler, dit-il d'une voix tremblante en la repoussant en position assise avec délicatesse.

Il inclina les reins jusqu'à ce que son érection effleure son intimité.

— Chevauchez-moi, demanda-t-il. De toutes vos forces.

Elle se redressa sur les mains et les genoux, le dominant avec un sourire féroce.

— Quelle autorité…

De la sueur perlait au front de Douglas et son rictus n'était plus qu'une grimace, mâchoire serrée.

— Je vous en supplie.

Madeline eut un instant d'hésitation. Elle n'avait plus fait l'amour à un homme depuis deux ans et jamais de cette façon. Mais le regard fiévreux de son amant la brûlait jusqu'aux tréfonds de son âme, aussi saisit-elle son membre à pleine main afin de le guider entre ses cuisses.

Le ventre de Douglas se contracta sous elle et il jeta la tête sur le côté. Madeline descendit le bassin, glissant de plus en plus bas jusqu'à ce qu'il incline les hanches et la pénètre avec force. Elle le sentit l'envahir au plus profond de son intimité et gémit :

— Oh ! Dieu du…

— Chevauchez-moi, la supplia-t-il d'un grognement en cambrant les hanches. Posez vos mains sur mes genoux.

Elle obéit. En se penchant ainsi en arrière, Madeline se trouvait aguichante et impudique… Elle se mit à bouger de haut en bas, glissant le long de son membre avec ardeur. Douglas leva la tête. Ses paumes fébriles remontèrent sur les cuisses de Madeline et, du bout des doigts, il prit d'assaut l'entrejambe de la jeune femme.

— Je suis à vous, Madeline, murmura-t-il dans un râle presque agonisant.

Il oscillait en rythme avec elle tout en caressant la jonction de leurs corps de son pouce. Madeline frémit et faillit se retirer, mais il agrippa les hanches de son amante et l'encouragea à continuer.

— N'arrêtez pas… je veux vous faire crier d'extase.

— Douglas ! gémit-elle, le souffle court.

Elle pouvait sentir son cœur marteler sa poitrine, ses jambes trembler sous elle. Elle ne comprenait pas comment elle parvenait à résister à un tel plaisir, à cette merveilleuse invasion, chacune des sensations galvanisée, exaltée, par le simple fait de contempler Douglas, d'entendre sa voix, de goûter à sa peau contre la sienne.

— Madeline, mon amour.

Les mots de son amant étaient aussi étranglés que les siens, mais ses mains et ses hanches poursuivaient leur course frénétique, implacable.

— Oh !

Toutes pensées et paroles cohérentes volèrent en éclats dans l'esprit de la jeune femme quand la vague d'euphorie la cueillit à son apogée et balaya tout sur son passage. Le plaisir emporta Madeline avec la puissance d'un raz-de-marée et, tandis que des ondes de jouissance continuaient de se répercuter à travers tout son être, Douglas jura férocement. Il se cambra et Madeline le sentit palpiter furieusement en elle. Un dernier spasme agita la jeune femme, puis un autre lorsqu'il la saisit et la fit rouler sur le matelas, la coinçant sous son corps brûlant.

— Je savais que vous causeriez ma perte.

Il l'embrassa avec passion, tel un homme en manque d'air. Il ondula du bassin, se retirant pour mieux la pénétrer à nouveau.

— Je n'avais pas imaginé que nos ébats seraient aussi enflammés.

— Ainsi, je vous ai défait ? gloussa-t-elle, pantelante, à peine capable de parler tant son cœur palpitait encore.

Douglas rit à son tour et posa le front contre le sien.

— Ne craignez rien, mon aimée. Je saurai me relever.

Il bascula finalement sur le côté et s'étendit auprès d'elle, l'attirant dans son étreinte pour la serrer avec une tendre vigueur.

Madeline plaqua un baiser sur ses pectoraux.

— Je vous ai toujours désiré, murmura-t-elle.

— Je le savais, souffla-t-il avant de rire lorsqu'elle planta l'index dans ses côtes avec une moue faussement contrite. Dieu merci, vous avez fini par succomber à vos envies.

Madeline sourit.

— Seriez-vous réellement parti pour ne plus jamais revenir, si je ne vous avais pas arrêté ce soir ?

— Bien sûr, répondit-il. À contrecœur, en jurant, en pleurant, en me maudissant de m'être conduit comme le plus grand âne bâté que ce monde ait porté… Mais j'aurais respecté votre souhait.

Madeline traçait des cercles sur son torse du bout de l'index. Arthur avait été un homme fort, mais jamais aussi divinement sculpté. Douglas était un véritable adonis avec ses muscles fermes et sa peau dorée. Elle le sentit se tendre sous ses doigts et son bas-ventre se noua de désir… ce qui était extraordinaire, étant donné qu'elle avait déjà succombé deux fois à son plaisir.

— Je suppose que vous avez gagné votre premier pari, à présent, n'est-ce pas ?

À côté d'elle, Douglas se figea, muet.

— Je sais que c'est un pari qui vous a poussé à venir discuter, ce premier soir, poursuivit-elle. Avez-vous gagné une somme importante ?

— Ne parlons pas de cela, marmonna-t-il.

Madeline releva la tête et le dévisagea un instant.

— Vous rougissez ?

— Non ! s'exclama-t-il d'un ton indigné.

À présent, tout son cou était lui aussi écarlate.

— Mais si !

Elle effleura sa peau enflammée du dos de la main.

— Vous ne pourrez pas me choquer. Vous n'étiez pas le premier à faire ce genre de pari. Pensez-vous vraiment que je n'entendais pas leurs messes basses ?

Une lueur embrasa le regard de Douglas. Il se redressa sur un coude et se pencha sur elle. Ses cheveux auburn glissèrent sur son front, masquant son expression.

— Ce n'étaient que des fanfaronnades idiotes…

— Vous n'êtes pas idiot, murmura-t-elle. Vous êtes le premier à gagner.

— Je veux être *le seul* à gagner, rétorqua-t-il.

D'une tendre caresse, il écarta les longues mèches blondes de Madeline de son visage.

— Non… je ne veux pas *gagner* du tout. Vous n'êtes ni une forteresse à conquérir ni un jeu à remporter. Je mérite de perdre, parce que ce pari était aussi stupide qu'il était vulgaire et cruel à votre égard. Si je pouvais revenir en arrière et tout recommencer, je le ferais.

« Le seul à gagner. »

Madeline sentit son cœur manquer un battement.

— Hélas, c'est impossible. Qu'avez-vous gagné ?

— Rien.

Il baissa la tête et embrassa la base de sa gorge, où son pouls palpitait toujours frénétiquement.

— Ne me faites-vous pas suffisamment confiance pour tout m'avouer ? lui demanda-t-elle en l'enlaçant. Cela a-t-il un rapport avec notre pari… avec ce que j'écris ?

Une expression de parfaite horreur déforma le visage de Douglas. Une pointe d'inquiétude gagna Madeline.

— Votre réaction, lorsque j'ai annoncé les enjeux, était

éloquente, ajouta-t-elle avec une certaine appréhension. Comment avez-vous deviné ?

Douglas ferma les yeux.

— Je vous en prie, ne m'obligez pas à vous le dire.

Seigneur Dieu.

Madeline sentit les bulles de bonheur et de volupté qui gonflaient sa poitrine éclater d'un coup. Sa bouche devint sèche.

— Racontez-moi tout. Si vous tenez à rester plus d'une nuit, il ne peut y avoir de secrets entre nous.

Douglas se laissa rouler sur le dos et fixa le plafond un long moment, ce qui n'aida pas la jeune femme à apaiser sa nervosité.

— N'oubliez pas que je suis un imbécile et que je le reconnais ouvertement, finit-il par marmonner.

— D'accord, souffla-t-elle.

— Cela me soulagerait également si vous pouviez accepter de me pardonner dès à présent, ajouta-t-il.

Elle haussa les sourcils, désormais vraiment inquiète, mais il insista d'un hochement de tête.

— Juste pour me conforter dans l'idée que tout ceci est un simple éclaircissement de la situation. Cela me donnera du courage.

— Très bien. Je vous pardonne.

Douglas prit une profonde inspiration et avoua d'une seule traite :

— Quelqu'un a offert une prime en échange de l'identité de l'autrice des *50 façons de pécher.*

Madeline cligna des yeux. Elle le dévisagea un instant,

puis se mit à rire. Son gloussement, timide au début, se mua rapidement en une franche et bruyante hilarité.

— Lady Constance ? Vous croyez que je suis *Constance* ?

Le mélange d'angoisse, d'embarras et de curiosité qui se peignit sur les traits de Douglas fut si drôle que Madeline rit de plus belle.

— Ce n'est pas le cas ?

Il fallut un long moment à la jeune femme pour reprendre son souffle tant elle se tenait les côtes.

— Non ! gloussa-t-elle en s'essuyant les yeux. Même si je regrette de ne pas avoir songé à écrire ce genre d'histoires avant elle.

— Vous n'avez rien à voir avec elle ?

— Rien du tout. Qu'est-ce qui a bien pu vous donner pareille idée ?

Un intense soulagement détendit le visage de Douglas.

— Ces énormes commandes de papier… et puis, vous étiez prête à assumer publiquement vos écrits.

— Oui, car je voulais vous contraindre à accepter mon marché ! s'exclama-t-elle avec un large sourire. À l'accepter et à perdre.

Sa réponse parut le vexer quelque peu, mais il ne dit rien.

— Le prénom de votre domestique semble être une étrange coïncidence, finit-il par ajouter avec un regard en coin. Se pourrait-il qu'elle soit…

Madeline leva les yeux au ciel.

— Si c'est le cas, elle n'écrit que de pures fictions. Et elle serait bien idiote d'utiliser son véritable nom. Autre chose ?

Il fronça les sourcils.

— Vous participez à toutes les soirées de *la haute* et vous vous contentez d'observer, comme si vous cherchiez à évaluer quels gentilshommes seraient susceptibles d'accepter une liaison discrète…

— Mais je repousse tous les hommes qui viennent me parler.

— Sauf moi.

Il l'embrassa avec une passion débordante, comme pour s'assurer qu'elle oublierait tout ce qu'il lui avait raconté. Madeline lui rendit son baiser, l'esprit beaucoup plus léger.

Elle connaissait *50 façons de pécher.* La femme qui les rédigeait devait effectivement être fort audacieuse. Madeline comprenait que quelqu'un puisse la soupçonner d'en être l'autrice, mais l'effort que requerrait un tel anonymat serait terriblement coûteux. Les domestiques auraient tôt fait de divulguer son secret, à moins de les payer grassement. Toutefois, les opuscules s'écoulaient aussi vite qu'ils étaient imprimés et pour cette seule raison Madeline enviait Constance. Cette femme devait gagner une fortune.

— Je me suis souvent laissé dire que tous les hommes de Londres devaient nourrir l'espoir d'attirer la mystérieuse Constance dans leur lit… Vous devez être terriblement déçu !

Douglas secoua la tête, amusé.

— Déçu de me retrouver dans un lit à vos côtés ? Jamais de la vie.

Sa réplique dissipa les derniers gloussements de Madeline. Attendrie, elle enveloppa sa joue de la paume.

— C'est réciproque.

— Gardez bien cela à l'esprit, dans ce cas, pour vous aider à me pardonner à nouveau. Quelqu'un… un maudit scélérat… m'a mis au défi de dénicher une preuve que vous étiez Constance.

— Vraiment !

Madeline repartit d'un grand rire.

— Ce pari risque d'être très difficile à gagner, puisque vous ne trouverez aucune preuve.

— Je n'ai pas parié que vous étiez Constance, la corrigea-t-il aussitôt. J'ai juste exigé que nous partagions la prime si je parvenais à obtenir cette preuve.

Madeline sourit. Elle ne pouvait s'en empêcher. Toute cette histoire lui paraissait si absurde.

— Dans ce cas, je vous pardonne. Complètement.

— Je n'ai fait qu'un seul et unique pari à votre sujet, c'était celui de vous convaincre de danser avec moi.

Douglas semblait bien décidé à éclaircir toutes les parts d'ombre, à présent.

— Et c'était avant même de vous connaître. Je veux toujours danser avec vous, mais je me fiche de ce stupide pari et je préfère ne plus jamais en reparler.

— Je pensais que vous aimiez gagner, le taquina-t-elle.

Son sourire arrogant refit surface.

— Je suis gagnant. Vous n'avez pas pointé de pistolet sur ma poitrine et ne m'avez pas non plus fait jeter dehors.

— Pas encore, répondit-elle avec un sourire si moqueur qu'il était impossible qu'il la prenne au sérieux.

— Mais dans ce cas, ajouta-t-il en fronçant les sourcils avec curiosité, quels sont ces fameux écrits que vous comptiez publiquement assumer ?

— Cela va vous paraître si terne après tout cela. Je suis l'autrice d'une chronique de potins pour l'*Intelligencer.*

Douglas la dévisagea avec une expression parfaitement vide.

— C'est un petit journal, clarifia-t-elle. Un ami intime de mon défunt mari en est le propriétaire. Arthur avait investi dans l'affaire et j'ai hérité de ses parts. La publication luttait pour survivre et je cherchais de quoi m'occuper. C'est un grand secret ; je me rends dans ces soirées et ces bals afin de recueillir des informations et d'enquêter sur les indiscrétions de la haute société. Si cela s'apprenait, j'en serais bannie à jamais.

Lentement, les lèvres de Douglas s'étirèrent en un sourire.

— Des potins. C'était donc cela. Seigneur, quelle plaisanterie !

— J'ignore qui a fait un tel pari sur moi, mais il mérite de perdre sans profit.

— Je suis bien d'accord.

Soudain, un grattement à la porte les interrompit. Madeline poussa une exclamation :

— Mr Nash !

Elle se leva d'un bond, enfila à la hâte une robe de chambre et s'empressa d'aller ouvrir.

Douglas s'assit.

— Mr Nash ?

— Oui, c'est lui qui partage mon lit, d'ordinaire.

Elle fit pivoter le battant, révélant le gros chat noir et blanc, qu'elle prit dans ses bras lorsqu'il pénétra dans le boudoir avec assurance.

— N'est-il pas magnifique ?

Douglas contempla le matou, puis se laissa choir sur les oreillers avec un grand rire.

— Mr Nash ! chuchota furieusement la voix de Constance dans le couloir sombre. Où êtes-vous, vilaine bête ?

— Il est ici, appela Madeline.

— Oh.

La femme de chambre s'interrompit en découvrant sa maîtresse dans l'embrasure.

— Il faisait un terrible raffut en bas dans l'espoir de vous rejoindre. J'ai essayé de l'attraper avant qu'il vous réveille, mais…

Constance jeta un coup d'œil par-dessus l'épaule de Madeline et un sourire taquin étira ses lèvres.

— Mais je vois que ce n'est pas le cas. Le pauvre George va se retrouver sans emploi, désormais, je suppose ?

Madeline reposa Mr Nash, qui se débattait pour descendre.

— Bonne nuit, Constance.

Sa camériste recula vers l'escalier en secouant la tête, plaignant également ce pauvre Mr Steele. La jeune femme referma la porte de son boudoir et contempla la scène dans son dos non sans une certaine satisfaction émerveillée. Douglas s'était redressé sur un coude. Viril et splendide, le drap le parant comme une toge, il avait l'air d'un dieu grec, ainsi étendu sur son lit. Mr Nash s'était installé sur un oreiller avec la nonchalance d'un roi et laissait Douglas lui gratter la tête.

Ce dernier s'esclaffa.

— Mr Nash, hein ? Et George et Mr Steele ? Je ne pensais pas qu'il y aurait autant d'hommes dans cette maison.

— Constance a une imagination débordante. George est le valet de pied qu'elle espérait me voir embaucher et Mr Steele, le majordome. Aucun d'eux n'est réel.

Elle se glissa à nouveau sur le matelas.

— Je ne suis pas une veuve aussi dissolue que la plupart des gens semblent le croire.

— Je ne serais pas si catégorique, répliqua Douglas en déposant le chat au sol avant d'attirer Madeline contre lui. Se révéler dissolue au bon endroit et au bon moment peut être parfaitement acceptable. Et même recommandable.

— Comme lorsque je suis au lit avec vous ?

— Exactement, grogna-t-il d'une voix rauque.

— Je suis navrée de vous avoir coûté un autre pari, aussi ridicule soit-il. Si seulement nous pouvions rendre la monnaie de sa pièce à l'imbécile qui vous a entraîné dans cette aventure chimérique !

— Eh bien, hésita-t-il un instant, je suis de votre avis. Principalement parce que je ne tiens pas à ce qu'il répande la fausse rumeur que vous êtes Lady Constance. J'ai donc eu une idée…

Madeline le dévisagea en silence pendant un moment avant de l'interroger :

— Est-elle susceptible de marcher ?

— Je le crois, oui… Avec votre concours, son succès serait pratiquement garanti.

Douglas lui parla alors de son plan.

Chapitre 16

Le soir suivant, Douglas se présenta avec une ponctualité inhabituelle au bal des Cartwright. Il vida une coupe de vin pour se donner du courage, puis se posta à un endroit d'où il pouvait observer toute la salle et patienta.

Philip Albright pénétra dans la pièce quelque temps plus tard. Douglas résista à l'envie de consulter sa montre. Madeline viendrait. La seule question était : Spence se présenterait-il ce soir ?

Mais il ne fallut pas longtemps avant que sa silhouette arrogante émerge de la foule. Il arborait son rictus méprisant coutumier. Douglas inspira profondément et traversa la salle de bal.

— Ah, Bennet. Comment se passe votre enquête ? l'interrogea nonchalamment Spence lorsque Douglas le salua.

Ce dernier balaya la pièce des yeux. Il devait encore attendre l'arrivée de Madeline.

— Je vois que vous ne vous souciez même plus des politesses d'usage, grogna Douglas.

L'homme eut un sourire moqueur.

— *Vous* me faites une leçon de bonnes manières ? Je

ne m'attendais pas à cela de votre part. Mais soit : bien le bonsoir, mon ami. J'espère que vous êtes en forme ?

Un éclat d'émeraude capta l'attention de Douglas depuis l'extrémité opposée de la pièce. Il sentit son cœur bondir dans sa gorge lorsque Madeline contourna un pilier et fit son entrée dans sa magnifique toilette verte. Sa chevelure scintillait comme de l'or fondu à la lueur des candélabres.

Elle porta une flûte de champagne à sa bouche et balaya la foule d'invités d'un regard tranquille. Lorsque leurs yeux se croisèrent, elle sourit. Un incommensurable élan de joie et de fierté gonfla la poitrine de Douglas, qui ne put empêcher ses lèvres de s'étirer jusqu'aux oreilles. Il était sur le point de prendre le plus grand risque de sa vie, mais le jeu en valait la chandelle.

Il pria le Seigneur de ne pas être en train de commettre une énorme erreur.

— Je vais fort bien, répondit-il à Spence.

— Fort bien ? rétorqua le scélérat en haussant un sourcil. Voilà une déclaration bien assurée.

— C'est le cas.

Dieu, qu'elle était belle ! Douglas l'admira un instant encore avant de s'arracher à sa contemplation.

— En vérité, je vous dois des remerciements pour m'avoir impliqué dans cette affaire.

Spence renifla.

— Faites en sorte que cela en vaille la peine pour nous deux. Ce sont les seuls remerciements que je vous demande.

— Ah. Oui. À ce sujet.

Douglas aperçut Albright, debout près des musiciens, et lui adressa un signe discret.

— Le problème… c'est que j'ai du mal à évaluer la valeur de votre contribution, outre le fait d'avoir *mentionné* la prime de Chesterton.

Spence tourna brusquement la tête vers lui.

— C'est une contribution inestimable, puisque sans moi vous n'auriez même pas su qu'elle existait. Ni sur quelle femme enquêter.

— Peut-être, reconnut vaguement Douglas avec un haussement d'épaules hautain. Mais cela ne vaut pas grand-chose en comparaison des trois semaines de ma vie que j'ai entièrement dédiées à cette affaire. Désolé, mon vieux. Mais, comme on dit, tous les coups sont permis.

— Bennet ! siffla Spence en agrippant férocement le bras de Douglas, lorsque celui-ci fit mine de s'éloigner. Si vous osez me doubler, je vous étrangle.

— Vous vous saliriez les mains ? répliqua Douglas en levant un sourcil méprisant.

L'homme fronça le nez et Douglas arracha son bras de sa poigne.

— C'est bien ce qu'il me semblait.

Au centre de la pièce, Albright s'était rapproché de Lord Chesterton. D'un pas nonchalant, Douglas se dirigea vers eux.

— Voleur, gronda Spence en le suivant de près. Tricheur.

— Je n'ai rien pris qui vous appartienne. Et aucun homme ici ne me traiterait de tricheur après tous les efforts que j'ai fournis.

— Par Dieu, je ne vous laisserai pas me berner de la

sorte, marmonna l'homme avant de le bousculer pour lui passer devant.

Douglas attendit que Spence ait pratiquement atteint Lord Chesterton avant de s'éclaircir bruyamment la gorge. Albright avait déjà demandé aux musiciens de retarder la prochaine danse de quelques minutes, aussi peu de couples s'étaient-ils assemblés sur la piste. Douglas se tenait presque seul au milieu de la pièce.

— Mesdames et messieurs, lança-t-il d'une voix forte et assurée. Je souhaiterais réclamer un instant de votre attention, s'il vous plaît.

Tous les invités se tournèrent aussitôt vers lui. Douglas pouvait entendre son sang battre à ses oreilles tant l'intensité du moment menaçait de le submerger. Du coin de l'œil, il repéra Madeline et cette simple vision suffit à lui donner le courage de continuer.

— Veuillez me pardonner pour cette interruption, poursuivit-il en adressant un clin d'œil navré et un sourire charmeur à une vieille matrone abasourdie. Je promets de ne vous accaparer que quelques minutes. Je me sens dans l'obligation de partager avec vous une nouvelle qui, j'en suis convaincu, étonnera plus d'une personne dans cette pièce…

— Mais pas autant que l'annonce que *j'ai* à faire ! hurla pratiquement Spence pour le couper.

Douglas se tut docilement et s'efforça de prendre une mine choquée lorsque son ancien camarade approcha d'une démarche furieuse.

Allez-y, le mit-il intérieurement au défi. *Faites-le.*

Spence le foudroya du regard avant de se tourner prestement vers Lord Chesterton.

— Milord, il me semble que vous avez offert une prime.

Spence avait baissé d'un ton, mais dans le silence avide qui était tombé sur la salle de bal chacun de ses mots retentit comme un coup de tonnerre. Chesterton blêmit à la manière d'un homme regrettant une ancienne incartade.

— Ce n'est vraiment pas le lieu…

Jetant un autre regard furieux en direction de Douglas, Spence leva la main, l'interrompant de la façon la plus grossière.

— Cela signifie-t-il que vous ne comptez plus l'honorer ?

L'exclamation horrifiée de la foule piqua l'homme au vif. Chesterton répondit, les lèvres pincées :

— Je ne reviens jamais sur ma parole, monsieur.

Par Dieu, tout se déroulait encore mieux que prévu ! Spence était si furieux qu'il était prêt à défier toutes les convenances et à faire fi de la discrétion de mise pour coiffer Douglas au poteau. Cette scène lui collerait à la peau pendant des années !

— Spence, lança Douglas d'une voix indignée.

Mais l'homme leva à nouveau la main avec colère.

— J'ai découvert le nom que vous cherchiez, milord, ajouta-t-il rapidement. Peut-être pourrions-nous trouver un endroit tranquille pour en discuter ?

— Vous n'avez rien du tout ! intervint Albright d'un ton moqueur qui fit sursauter Lord Chesterton. N'importe qui peut donner un nom. Ou même en inventer un !

— Les preuves sont de mon côté, rétorqua Spence.

— Quelles preuves ?

Spence jeta un rapide coup d'œil à Douglas.

— Je n'en discuterai qu'avec Lord Chesterton.

Ce dernier était aussi immobile qu'une statue.

— Je ne vois pas de quoi vous parlez, monsieur…

Pour la toute première fois, Spence parut remarquer les invités qui le dévisageaient, pendus à ses lèvres. Tous les regards étaient fixés sur lui. Et même si certains ignoraient tout de la prime en question tous mouraient d'envie d'en connaître la teneur. Après une telle scène, Douglas était certain qu'ils ne manqueraient pas de découvrir jusqu'au plus petit détail scandaleux de l'offre de Chesterton avant la fin de la soirée.

— Nous devrions peut-être en parler en privé…

— Bien sûr, comme ça, il n'aura pas besoin de défendre ses « preuves », le railla Albright d'un ton calme mais suffisamment audible.

William Spence se redressa et carra les épaules avant d'énoncer d'une voix qui résonna dans toute la salle :

— Mrs Madeline Wilde.

Des exclamations retentirent dans la pièce. Douglas s'autorisa à se tourner vers elle ; la foule s'écartait déjà de la jeune femme, lui offrant une vue dégagée. Elle demeura immobile, ses jolies lèvres entrouvertes et ses yeux feignant la surprise. Douglas ressentit une vive douleur de lui infliger cette situation de dénonciation publique, même si elle avait accepté cette partie du plan.

— Comment *osez*-vous ? gronda-t-il à l'encontre de Spence, sans avoir besoin de simuler la colère.

Spence aboya un rire.

— Comment *j'ose* ? Alors que vous étiez sur le point

de faire la même révélation à Lord Chesterton… à savoir que c'est elle qui l'a diffamé !

Douglas recula d'un pas, feignant le choc.

— Certainement pas ! Ce soir, je comptais…

Il se tourna vers Madeline. La jeune femme était toujours là, figée comme une magnifique statue d'albâtre, une main sur la poitrine, l'air trahi.

— Ce soir, je comptais faire une déclaration d'une nature bien différente.

— Mais vous avez dit…

Spence s'interrompit et son visage se décomposa lorsqu'il comprit.

— Je sais que je jouis d'une triste réputation, reprit Douglas.

Sans quitter Madeline des yeux, il s'approcha d'elle à pas lents et mesurés.

— Je ne puis nier non plus l'avoir amplement méritée, mais les actes qui m'ont valu cette sinistre célébrité appartiennent désormais au passé. Et ils y resteront… car j'ai grandi et offert mon cœur.

Madeline rougit de la plus merveilleuse des façons lorsqu'il s'arrêta devant elle. Les invités autour d'eux, qui s'étaient écartés quand Spence avait hurlé son nom, les observaient à présent avec des expressions variées allant de la moue désapprobatrice au ravissement choqué.

— Vous surprenez tout le monde, murmura Madeline. Une annonce publique de votre inclination !

Lentement, un sourire étira les lèvres de Douglas. Il lui avait caché une partie de son plan ; elle s'attendait à ce qu'il défende galamment son nom. Mais depuis qu'elle avait accepté cette conspiration un peu folle, depuis qu'elle lui avait accordé sa confiance, qu'elle avait partagé son lit avec lui et dormi dans ses bras, une certitude était née dans l'esprit de Douglas. Madeline n'était pas une lady ordinaire. Pour la première fois de sa vie, il ne pouvait envisager de vivre ou de respirer sans une femme. *Cette* femme. Il ignorait quelle serait sa réponse et Douglas avait l'impression que son cœur s'était changé en oiseau affolé cherchant à tout prix à fuir sa cage thoracique.

— C'est même bien plus que cela. Je me présente devant vous, mon amie, pour vous demander de m'accorder votre main.

Une femme dans la foule poussa un petit cri. Une matrone non loin plaqua une grosse paume sur sa poitrine avec un large sourire attendri. Madeline écarquilla les yeux, abasourdie.

— C'est un risque immense que vous prenez.

— Mais la récompense sera plus grande encore, si ma chance tient.

Il posa un genou à terre et lui tendit la main, paume vers le ciel. Puisse-t-elle ne pas remarquer combien ses doigts tremblaient !

— Consentez-vous à réfléchir à mon offre, mon aimée ?

— Non, répondit-elle doucement.

Heureusement, elle poursuivit avant que le cœur de Douglas ne cesse de battre.

— Je voudrais l'accepter, conclut-elle en prenant sa main.

Douglas se releva d'un bond avec la sensation d'être aussi léger qu'un nuage et déposa un tendre baiser sur son poignet tandis que la foule se mettait à murmurer énergiquement.

— Je vous aime, souffla-t-il. De tout mon être.

Les yeux de Madeline scintillèrent d'un éclat doré.

— Je l'espère ! Plus personne ne pourra nous parler sans mentionner cet événement, à l'avenir.

— Je n'y vois aucune objection, répondit Douglas.

— Je croyais que vous n'étiez pas le genre d'homme à vous laisser passer la bague au doigt, susurra-t-elle d'une voix tremblante d'émotion.

— Je ne l'étais pas… jusqu'à ce que je vous rencontre. Mais à présent…

Du pouce, il caressa l'annulaire de la jeune femme, qu'il comptait bien orner d'une alliance très prochainement.

— À présent… je suis impatient de tenter l'aventure.

Une main lui agrippa soudain l'épaule et le força à se retourner. Spence semblait suffisamment hors de lui pour l'égorger sur placer.

— Vous m'avez menti.

— Mr Spence.

Un domestique, grand et imposant, avança vers eux.

— Lord Chesterton aimerait discuter avec vous. En privé.

Les petits yeux noirs et venimeux de Spence passèrent sur Madeline, puis revinrent sur Douglas.

— Je vous suis.

— Et avec vous, Mr Bennet, ajouta le valet de pied.

— Bien sûr.

Il offrit son bras à Madeline.

— Souhaitez-vous m'accompagner ? Vous ne voudriez pas manquer le bouquet final ?

— Pour rien au monde, souffla-t-elle en contenant un rire avant de glisser la main sous son coude.

Ils suivirent Spence. La rumeur enfla autour d'eux tandis qu'ils quittaient la pièce. Lord Chesterton patientait dans un petit boudoir. Son visage n'était qu'un réseau de lignes droites et tirées.

Philip Albright se tenait adossé au manteau de la cheminée avec l'expression d'un homme sur le point d'assister à un excellent spectacle.

— Expliquez-vous, cracha Chesterton dès que la porte se referma derrière eux. Comment *osez*-vous parler de cette prime en présence de toutes ces dames ?

De toute évidence, Spence s'était efforcé de recouvrer assez de sang-froid pour organiser sa défense.

— J'ai été piégé, répondit-il avec raideur. Par Bennet et, je suppose, par Albright. Je vous prie de m'excuser, milord.

— Vous devez être le plus grand idiot de tout Londres, dans ce cas. Quel piège auraient-ils pu vous tendre pour que vous vous autorisiez à souiller mon nom de votre comportement scandaleux ?

Spence jeta un nouveau regard noir à Douglas.

— Cette affaire sera vite oubliée, milord.

— Oh vraiment ? rétorqua Lord Chesterton avec dédain. Vous venez simplement d'accuser devant une salle pleine d'invités de marque la filleule du duc de Canton d'être cette vile Lady Constance !

Toutes les personnes présentes se tournèrent vers

Madeline, y compris Douglas, qui ne put masquer sa surprise. Le duc de Canton était le parrain de la jeune femme ? Il connaissait les rumeurs au sujet de l'homme et de la mère de Madeline, mais ignorait cette partie de l'histoire. Madeline se contenta de paraître foncièrement indignée.

— Je vous ai dit que ce n'était pas elle, Spence, intervint Albright. Je n'ai jamais vu le plus petit bout de preuve.

— Parce que vous en cherchiez ?

Chesterton semblait abasourdi.

Albright opina.

— Spence déclamait à qui voulait l'entendre qu'elle était Lady Constance et offrait de partager votre prime avec toute personne en capacité de le prouver.

Chesterton rougit de colère et se tourna vers Douglas.

— Vous aussi, monsieur ? Je présume que vous étiez également impliqué ?

— Spence m'a fait la même offre, avoua-t-il avant de contempler amoureusement Madeline. Par chance, je m'en suis rapidement désintéressé, car j'ai trouvé quelque chose de bien plus précieux.

— C'est ce que je constate.

Chesterton porta son attention sur la jeune femme.

— Je vous présente mes plus sincères excuses pour le scandale que vous venez d'endurer, milady. Je regrette profondément d'en avoir été l'instigateur. C'était *bien malgré moi…*

À ces mots, il fusilla Spence du regard. Madeline esquissa une révérence.

— Vous êtes trop aimable. Sachez que je ne vous en tiens nullement rigueur, milord.

Chesterton inclina la tête pour la remercier gracieusement, puis revint vers Spence.

— Quant à vous…

— J'ai été piégé, répéta Spence. Mr Bennet se fait peut-être passer pour un homme épris, mais il m'a assuré tout au long de cette dernière quinzaine qu'il amassait de plus en plus d'éléments prouvant que Mrs Wilde était bel et bien Lady Constance. Je n'aurais jamais *osé* agir de la sorte…

— Si vous n'aviez pas craint qu'il ne vous coupe l'herbe sous le pied ? l'interrompit Chesterton d'un ton glacial. Peut-être devriez-vous interroger cette jeune lady directement ?

Il gesticula en direction de Madeline lorsque Spence se figea.

— Allez-y. Après tout, vous n'avez eu aucun scrupule à la nommer publiquement.

Lentement, Spence se tourna vers Madeline. Douglas sentit les doigts de la jeune femme agripper son bras, mais elle demeura impassible.

— Êtes-vous la tristement célèbre Lady Constance, autrice des *50 façons de pécher* ?

Madeline le dévisagea d'un regard froid, méprisant et offensé.

— Certainement pas.

Spence s'inclina avec raideur.

— Je m'excuse humblement pour cette erreur, milady.

— Sortez d'ici, conclut Chesterton d'une voix menaçante.

Aussi rigide qu'un pantin de bois, Spence prit la fuite. Lorsqu'il ouvrit la porte, Albright lança :

— Je viendrai vous voir demain pour récupérer mon gain.

Spence se figea dans l'embrasure, puis reprit son chemin sans un mot. Avec un large sourire satisfait, Albright leur souhaita une bonne soirée et s'en fut.

— J'espère, déclara Lord Chesterton, que cette histoire trouve ici sa conclusion.

En son for intérieur, Douglas ne doutait pas qu'ils en entendraient encore parler pendant de longs mois à travers tous les salons de Londres.

— Je l'espère aussi, répondit-il simplement.

— Elle se conclut pour moi, intervint Madeline. Mais je dois dire, milord… si Lady Constance s'inspire bel et bien d'hommes réels pour créer ses personnages, elle n'aurait pu choisir meilleur modèle que vous.

Un éclat intéressé scintilla dans les yeux de Chesterton.

— Oh ?

Puis il sembla se souvenir que Douglas était là et un léger sourire étira ses lèvres.

— Ah, je suppose qu'il est trop tard pour cela. Bonne soirée, Mrs Wilde. Mr Bennet, conclut-il en s'inclinant.

Chesterton prit congé, les laissant seuls, et referma la porte derrière lui. Douglas poussa un profond soupir de soulagement, puis sourit.

— Vous êtes aussi brillante que vous êtes belle, mon aimée.

Cette fois-ci, Madeline rit franchement.

— Vous trouvez ? Il est vrai que je n'aurais sans doute

jamais envisagé sérieusement que Madeline Wilde puisse être l'autrice des *50 façons de pécher*.

— C'était un terrible dilemme, répondit sombrement Douglas. D'un côté, si vous l'aviez été, Spence aurait gagné et je devais l'empêcher de vous dénoncer à tout prix.

Il fit la grimace avant d'ajouter :

— Mais cela aurait également démontré que vous aviez une imagination parfaitement obscène et une certaine... générosité libertine, que je trouvais absolument fascinante.

— Je n'ai jamais dit que j'étais incapable d'écrire ce genre de récits, murmura-t-elle avec un sourire taquin. Hélas, cela ruinerait les efforts que nous allons devoir fournir tous les deux pour rebâtir notre respectabilité et survivre aux rumeurs que cette soirée risque de déchaîner.

Douglas l'attira vers lui.

— Je m'en voudrais de brider vos élans créatifs ! Si votre muse vous encourage à rédiger des fantaisies grivoises et dissolues à mon sujet, jamais je ne m'opposerai à ce que vous donniez libre cours à votre plume. Je compte même les lire encore et encore.

— Oh ?

Elle posa les paumes sur son torse.

— Vous préféreriez les lire plutôt que de les vivre ?

— Non.

Il la serra contre lui et Madeline se coula dans son étreinte.

— Nous pourrions faire les deux. Tout auteur a besoin d'une source d'inspiration, après tout.

— Je dois bien reconnaître que l'écriture n'est guère ma priorité quand vous faites ce genre de choses, soupirat-elle en basculant la tête en arrière lorsqu'il traça un sillon de baisers ardents le long de sa gorge.

Elle referma les doigts sur le col de sa veste lorsque ses genoux flanchèrent.

— À quoi pensez-vous ? l'interrogea-t-il avec intérêt.

— Je ne parviens pas à penser *du tout.*

Il s'esclaffa et finit par la libérer. Madeline plongea son regard dans le sien.

— Mais je crois que la seule idée qui occupe mon esprit en cet instant… c'est à quel point je vous aime, conclut-elle.

Douglas lui adressa un sourire rayonnant. Il était décidément l'homme le plus chanceux d'Angleterre !

— C'est tout ce qui m'importe.

Vous avez aimé l'histoire de Douglas et Madeline ?
Ne ratez pas celle de Penelope et Lord Benedict
dans le prochain tome, *Scandale au bal !*

Les Historiques

HISTOIRE. AVENTURE. DÉSIR.

Qu'il soit Viking, Highlander
ou chevalier, l'homme idéal change
le destin d'une Belle et brave
les interdits au nom de l'amour.

6 romances à découvrir tous les deux mois.